CHANNEL SWIMMING ASSOCIATION
Founded 1927   Recognised by the A.S.A.

President: Comdr. C. GERALD FORSBERG, O.B.E., R.N. (Rtd.)

R.H. Scott
Hon. Secretary
Mrs. Audrey Scott
Sunnybank
Alkham Valley Road,
Folkestone, Kent.
CT18 7EH
Tel: 0303 - 89 - 2229

D974 L

OBSERVER'S REPORT – SOLO SWIM

Name and Nationality of Swimmer: ANA MESQUITA (BRASIL)
Name and Nationality of Trainer: CLAUDIO PLIT (ARGENTINA)
Name of boat: HELEN ANN MARIE Skipper: REG BRICKELL Crew: RAY BRICKELL
Pilot: REG BRICKELL
Any other persons on vessel: MARIA EUGENIA PLIT

Point of start: DOVER Date: 23-9-93 Time: 05.32
Grease Amount: 3 TUBS Strokes used: CRAWL
Type: LANOLIN
Time of high water Dover: 04.39 Height of high water Dover: 6.2

Hour	start	1st	2nd	3rd	4th	5th	6th	7th	8th	9th	10th	11th	12th	13th	14th	15th	16th	17th	18th	19th	20th	21st	22nd
Stroke rate per minute	80	80	80	80	80	80	80	50	80	84													
Wind force and direction	N 1	N 1	N 1	N 2	N 3	N 3	N 3	N 3	N 3	N 3													
Sea Temp.	61	61	61	61	61	61	61	61	61	61													

Food taken on swim & duration of stop.	Time	Duration	Food taken on swim & duration of stop.	Time	Duration
TEA - HONEY	06.02	20 SEC	TEA - HONEY BISCUIT	11.02	30 SEC
TEA - HONEY	06.32	20 SEC	TEA - HONEY	11.30	20 SEC
TEA - HONEY	07.02	10 SEC	TEA - HONEY	12.05	15 SEC
TEA - HONEY	07.32	15 SEC	TEA - HONEY BISCUIT	12.40	20 SEC
TEA - HONEY	08.15	20 SEC	TEA - HONEY	13.10	30 SEC
TEA - HONEY BISCUIT	09.02	30 SEC	TEA - HONEY	13.33	20 SEC
TEA - HONEY	09.30	10 SEC	TEA - HONEY BISCUIT	14.10	30 SEC
TEA - HONEY	10.05	25 SEC	TEA - HONEY	14.45	1 MIN

Point of finish: CAP GRIS NEZ Date: 23-9-93 Time: 15.12 Total Time: 09.40

I hereby certify that I accompanied ANA MESQUITA on
and that the swim was made in accordance with the rules of the A

Signed

Please complete Log on reverse side.   Da

CB069006

A TRAVESSURA DO CANAL DA MANCHA

ANA MESQUITA

3ª edição

Copyright © 2009 Ana Mesquita

Revisão
Adauto Leva
Fábio Ferreira Pinto

Capa
Maria Luisa Stock

Fotos
Arquivo pessoal de Ana Mesquita

Mesquita, Ana
A travessura do Canal da Mancha / Ana Mesquita. 3a edição—
São Paulo : Grua, 2022.

Um novo ISBN 786588410257

1. Atletas - Brasil 2. Memórias autobiográficas
3. Mesquita, Ana 4. Natação I. Título.

Índices para catálogo sistemático:
1. Atletas : Natação : Memórias autobiográficas
797.21092

www.grualivros.com.br
grua@grualivros.com.br

Rua Cláudio Soares, 72 cj 1605
Pinheiros
São Paulo – SP
05422-030
Tel: (011) 4314-1500

Para Ana Clara

INTRODUÇÃO À TERCEIRA EDIÇÃO

No fim de abril recebi uma mensagem do meu editor dizendo que estava preparando uma terceira edição deste livro e perguntando se eu gostaria de mudar alguma coisa no texto, além de atualizar a lista dos brasileiros que atravessaram o Canal. Relendo, até pensei que algumas coisas vejo diferente hoje do que quando o escrevi, mas preferi deixar o texto como estava, acrescentando apenas uma pequena nota de rodapé para responder à pergunta que mais ouvi de leitores com quem conversei, sobre a "saída a pé enxuto". Afinal, o texto tem data e reflete o que eu pensava e sentia quando escrevi.

Em meados de 2020, naquele contexto de isolamento causado pela pandemia, de polarização política cheia de ódio e desinformação, eu estava sem trabalho, já que festas e eventos tinham sido cancelados, e fui convidada para participar do Movimento Esporte pela Democracia e para me associar à Atletas pelo Brasil. Imagino que os dois últimos anos transformaram profundamente a vida de muita gente e não foi diferente comigo. Entre outras coisas, o que aconteceu foi que, de uma hora para outra, o esporte voltou a ser o meu mundo. Mesmo que eu estivesse nadando regularmente muito antes da pandemia começar, vivia um certo afastamento do universo esportivo. Agora me vejo falando, pensando, respirando, vivendo e amando o esporte de novo.

    O impacto foi além da luta pela democratização do esporte e da sociedade, e acabou me levando também de volta às maratonas. Em março último participei, junto com dois amigos que também atravessaram o Canal da Mancha, Harry Finger e Percival Milani, de uma "travessura" de 30 quilômetros em revezamento, no Rio Negro.

    A natação me regatava, mais uma vez.

Ana Mesquita

São Paulo, 06 maio de 2022

PREFÁCIO

O mundo das águas abertas é uma grande bolha. Ana Mesquita entrou nesta bolha buscando uma aventura que lhe permitisse conhecer-se a si mesma, enfrentou todas as dificuldades e emergiu como uma heroína cheia de conhecimentos para compartilhar.

Este livro é a história de uma atleta que viveu experiências extremas, comparáveis apenas à escalada do Himalaia. De fato o Canal da Mancha é considerado o Everest da natação mundial. Em seu processo de preparação física e mental, Ana estendeu seus limites até onde sequer imaginava possível, tanta escuridão teve que atravessar que uma luz mais forte iluminou seu interior convertendo sua travessia em uma experiência mística. E como resultado prático desse processo, passou a fazer parte de um seleto grupo de cerca de 600 atletas que tiveram sucesso em atravessar o Canal, entre aproximadamente 6000 que já tentaram, e estabeleceu um recorde latino-americano, nadando as temidas 19 milhas náuticas que separam a Inglaterra da França em nove horas e quarenta minutos.

A morte da grande nadadora brasileira Renata Agondi nas águas do Canal da Mancha em 1988 significou um peso extra, já que se enfrentava o medo da repetição da história. Nesse contexto, Ana viveu suas experiências com a firme convicção de vencer seu desafio pessoal. Criada no interior de São Paulo, décima filha de uma família de doze irmãos, com uma educação fortemente religiosa, projetou nessa façanha toda a fé e o amor que recebeu. Apaixonada por tudo que faz, viveu a travessia mais com o coração do que com a cabeça ou com os músculos. Com essa mesma paixão conta agora a história e a revive com toda intensidade, dando ao leitor a oportunidade de tornar-se participante de sua aventura.

Claudio Plit

Claudio Plit é cinco vezes campeão mundial de natação em águas abertas e foi eleito, em 1990, nadador da década pelo Cannon (Konex) Institute. Atualmente dedica-se à sua escola de natação em Mar del Plata, Argentina.

1.

Quando comecei a treinar para a travessia do Canal da Mancha ele era um bicho de sete cabeças. Eu pensava: se conseguir atravessá-lo será algo significativo, uma história para contar para meus filhos e netos, sobre como alguém pode se colocar diante de um desafio que parece inatingível e superá-lo. Acontece que fui treinando e me preparando e o Canal continuava parecendo monstruoso, até que cheguei na França. É curioso como tudo fica parecendo fácil depois que se consegue. Quando alguém me perguntava como era possível nadar tantos quilômetros, tantas horas, eu respondia que de fato não era difícil, qualquer um seria capaz. Explicava que nadar, depois de muito treino, passava a ser um movimento tão natural quanto andar. E qualquer pessoa com boa saúde seria capaz de caminhar dez horas se precisasse ou quisesse.

Mas o tempo passou e voltei a levar uma vida quase sedentária. Depois de alguns anos, estando muito fora de forma, um dia resolvi dar uma nadadinha. E, não sei bem por que motivo, fui à piscina externa do clube, apesar do verão ainda não ter chegado. A água estava fria. Não realmente fria, talvez por volta de 20º. Mesmo assim, depois de nadar apenas meia hora, saí da piscina tremendo de frio e bastante cansada. Demorei bem uns cinco minutos para parar de tremer. E, de repente, compreendi porque as pessoas se espantavam. Eu mesma me peguei pensando: "a que ponto de condicionamento podemos chegar, como é que eu pude atravessar aquele Canal?!". De repente passei a revalorizar o que tinha feito.

Recomecei a nadar, mais para tentar manter a sanidade mental do que para qualquer outra coisa. Cada vez que eu saía acabada da piscina lembrava dos treinos que era capaz de fazer anos antes e me espantava. Um dia, minha filha estava remexendo nas fitas de vídeo quando encontrou uma com algumas entrevistas que saíram na época da travessia. "O que é isso, mamãe?" Expliquei que era da época em que eu tinha sido nadadora, que tinha aparecido na televisão e estava gravado naquela fita. Ela quis ver. Ficou muito impressionada. Fez-me um monte de perguntas, muitas das quais eu já tinha ouvido dezenas de vezes de outras crianças e mesmo de vários adultos. Depois contava para todo o mundo a história, lá do jeito que ela entendeu. Então resolvi escrever, cá do jeito que ainda me lembro, para que minha filhoca possa, quando crescer, compartilhar comigo esse momento rico da minha vida, que só perde em importância para o tempo em que ela chegou. E, quem sabe, contar mesmo a história para meus netos.

Quando comecei a escrever percebi que, à medida que ia contando a história e me lembrando de um tempo em que era muito mais alegre, forte, cheia de sonhos e de esperança, ia recuperando um pouco dessas coisas. Lembrando, voltava a sonhar. Sonhando, ia ganhando força de novo. E alegria, e esperança. Fiquei pensando que contando a história talvez pudesse dar à minha filha muito mais do que apenas a história. Tomara que eu possa realizar mais esse sonho.

23 de setembro de 1993

Comecei a nadar, finalmente! Atiro-me na água gelada, às cinco e meia da manhã, em meio a um silêncio sepulcral, vendo tão poucas luzes, sentindo um medo difuso e profundo, uma ansiedade enorme paralisando o peito, mas estou feliz. E não feliz assim como num dia qualquer. Feliz como acordar no primeiro dia de férias na praia e abrir a janela para uma manhã linda de céu azul. Ou como, criança, acordar no domingo de Páscoa e correr para o jardim procurar os ovos que o coelhinho escondeu. MUITO feliz!

Quando se cai na água ela está a dezesseis graus, assim que se tira o rosto d'água, vem aquela inspiração profunda, meio assustada, irresistível. É bom para quebrar a paralisia que a ansiedade causa. Então, nas primeiras braçadas, o frio é dolorido, principalmente na cabeça, mas, por dentro, a musculatura está meio enrijecida, como se estivesse anestesiada. Comecei nadando para trás, porque o regulamento diz que a saída deve ser a pé enxuto.[1] Logo ali em cima, quando eu disse que finalmente começara a nadar, o começo estava muito perto do final, mas agora ele está ficando um bocadinho mais longe. Quase nada, por que o que são cem ou duzentos metros para quem pretende

---

[1] Tantos leitores me perguntaram o que era essa "saída a pé enxuto" que resolvi explicar. Vamos de barco até Shakespeare Cliff, a praia de onde partimos para a travessia. O barco para ao largo e saltamos na água, mas não podemos começar dali a nadar em direção à França. Precisamos nadar até a praia e caminhar até o seco, para então partir.

nadar trinta e tantos quilômetros? Mas nadando assim, na direção contrária ao meu objetivo, comecei a pensar nos porquês. Durante os dois anos da minha preparação, ouvi inúmeras vezes a pergunta que para mim soava tola e, depois de um tempo, irritante: Por que atravessar o Canal da Mancha? Oras, eu simplesmente precisava atravessar o Canal. Havia, evidentemente, toda a história que mais ou menos explicava como eu tinha passado a precisar fazer algo tão esquisito, mas ela não me parecia tão importante. Afinal de contas, como escreveu o Maurício Simões naquele seu livrinho maravilhoso, "por que deveria haver algum motivo?".

2.

As pessoas me diziam: atravessar o Canal da Mancha, tudo bem, mas nadando? Vá de barco, ou então de avião. Espera um pouquinho, o túnel está quase pronto, vai dar até para atravessar de trem. Essas eram as bem humoradas, que não me irritavam de fato. Outras perguntavam apenas se eu ganharia muito dinheiro se conseguisse atravessar. Ouviam, atônitas, que a travessia era um brinquedo um bocado caro, e que eu não tinha notícia de um nadador sequer que tivesse enriquecido com águas abertas, embora alguns realmente bons – não era o meu caso, para ser sincera – conseguissem tirar seu sustento da carreira. Ficavam pasmas: se não dá dinheiro, por que, então?

Ganhar dinheiro é uma excelente motivação para muitas coisas na vida, mas, definitivamente, não é a única. Se eu conseguisse ganhar dinheiro com a natação, tanto melhor. Provavelmente continuaria nadando por muito tempo e me consideraria uma grande privilegiada, vivendo daquilo que gosto tanto de fazer.

Talvez a questão não seja apenas essa. O exercício físico está associado a sacrifício, sofrimento. As pessoas que malham são bem compreendidas quando estão pagando o preço por um corpo escultural. Atletas, todo mundo entende, desde que ganhem dinheiro, ou esperem ganhar, se conseguirem uma boa performance. Mas eu treinava cerca de quatro horas por dia, seis dias por semana, e estava cada vez mais gorda. Tinha que me entupir de comida, uma das coisas mais difíceis da preparação, para ganhar proteção contra o frio – o tecido adiposo é um ótimo isolante térmico. Além disso, sabia que nadar maratonas nunca dava dinheiro. Diante de tudo isso, algumas pessoas concluíam que eu era masoquista, o que não é verdade.

Quando estou no meio de um treino duro, extenuante, aquilo não me dá prazer, evidentemente. Mas a sensação de conquista a cada prova superada, a cada melhora de performance, é indescritível. E nadar é gostoso, uma espécie de terapia. Inúmeras vezes entrei na piscina profundamente desanimada, sem acreditar em mais nada, como se tivesse o peso do mundo sobre as costas. E saí dela leve, como se os problemas também flutuassem. Problemas são reais ou imaginários, graves ou simples, tudo isso sempre depende, em parte, da atitude e do ponto de vista de quem os enfrenta. E, de alguma forma, nadar me ajuda a enfrentar os meus.

Então vou tentar explicar, de uma vez por todas, porquê atravessar o Canal da Mancha a nado. A ideia, quem plantou foi o Agenor Ribeiro Netto. Ele era meu técnico no Rio Pardo F.C. Ganhou o apelido de Gegê Bombril, porque tinha mil e uma utilidades: técnico de natação, músico, coordenador da banda-mirim, diretor do Departamento de Esportes e Cultura do município, professor universitário. Hoje em dia ele é maestro (diplomado!) e vive da música. Mas, naquele tempo, além de técnico (com diploma de educação física e especialização), também fazia as vezes de motorista, cozinheiro, psicólogo, enfim, o que fosse preciso. Para seus atletas, era também um amigo, meio pai e, em algumas ocasiões, meio fera, mas esse era seu pior papel.

Pois bem, o Agenor tinha sido técnico da Key France, nadadora paraibana que foi a primeira brasileira a atravessar o Canal da Mancha. Ele não se cansava de nos contar a história dela. Contava como ela tinha começado a treinar sozinha, por conta própria, no mar, depois de ler a história de um nadador que atravessou o Canal da Mancha. Como era obstinada e incansável. Contava de quando tinha acompanhado um treino dela, de catorze horas, em pleno inverno na represa de Caconde, interior de São Paulo. E, às vezes, propunha-me bem diretamente: você tem muita resistência, por que não atravessa o Canal?

Falava assim mesmo, como se fosse só resolver e atravessar. Depois, se eu deixasse escapar certo entusiasmo, acrescentava: você teria que engordar uns dez quilos, aumentar o volume de treinamento para uns dez mil metros por dia, treinar aos sábados, fazer uma adaptação à água fria... Aí eu descobria que talvez me faltasse um detalhe: a obstinação.

O que mais me apavorava era o frio. Imaginava ser quase impossível suportar cerca de doze horas se a água estivesse a quinze graus, como seria de se esperar. Só quem já caiu numa piscina (ou noutra água qualquer) nessa temperatura tem ideia do que estou falando. A maioria das pessoas toma como base a temperatura ambiente de uma noite de outono e conclui que, afinal, não é tão frio assim. Mas a água é melhor condutora de calor e a sensação térmica dentro dela é completamente diferente da do ar. Quinze graus é MUITO frio!

Então eu desanimava e ficava tudo por isso mesmo, até dali algumas semanas, quando ele começava de novo com as histórias. A ideia não decolava principalmente porque, apesar do Agenor achar que eu tinha tudo para encarar o desafio, eu não acreditava. Toda vez que ele nos levava para nadar alguma prova de águas abertas, eu abandonava. Morria de medo. Medo de tubarão, de caravela, de me enroscar em alguma coisa, de ser atropelada por um barco, de perder o rumo – e como eu perdia! Em algumas ocasiões, acho que o medo tinha mesmo razão de ser. A segurança das provas que a gente nadava (ou, no meu caso, tentava nadar) naquela época era muito precária. O caso mais absurdo de que me lembro aconteceu numa travessia no Guarujá. A prova teve saída no Tortuga Clube, na praia da Enseada, e chegada na praia das Astúrias. A largada atrasou mais de duas horas. Houve muita discussão em relação à segurança da prova, pois havia apenas dois barcos a motor e meia dúzia de caiaques para mais de 160 nadadores. O Agenor decidiu alugar um caiaque para dar um reforço, estava preocupado, embora não deixasse transparecer. Quando foi dada a largada já estávamos todos cansados de esperar, sem contar o fato de que tínhamos nos alimentado cedo demais...

 Eu comecei a nadar e não demorou para que passasse ao lado da primeira caravela. Um pouco mais adiante vi outra e depois mais outra. Fui ficando com tanto medo de me enroscar em uma delas que mal conseguia nadar, sempre olhando para frente. Quando o pavor cresceu tanto que eu resolvi – de novo – abandonar, tentei achar um barco de apoio que me levasse dali. Demorei um pouco, mas consegui gritar para um rapaz de caiaque que estava fazendo o apoio e ele veio até mim. Mas quando eu disse que queria abandonar ele falou: "eu não tenho como te levar, vai nadando até a praia". Então eu fui, e chegando à areia, não sei em que praia, tive que caminhar até Astúrias, onde estava montado o circo da chegada. Imaginem se eu estivesse passando mal, realmente precisando de ajuda?!

Mas o mais absurdo ainda estava por vir. Os nadadores foram chegando, tendo nadado a prova toda ou não, pela praia ou pela água, muitos bastante queimados. Ficamos então sabendo que havia uma maré extraordinária de caravelas. Um nadador chegou carregado, em tetania, tamanha a extensão do seu corpo que havia sido atingida. Esse, aliás, é o grande perigo das caravelas. Ao contrário das águas-vivas, que fora a dor das queimaduras não oferecem grandes riscos, a caravela tem um veneno paralisante e, dependendo da extensão das queimaduras e da sensibilidade da pessoa, pode provocar tetania. Mas o nadador foi socorrido a tempo e medicado, não havendo nada de mais grave. Só que todos os nadadores chegaram, menos uma, a Lúcia, nadadora nossa do Rio Pardo F.C.. O Agenor chegou e, ao conferir se estávamos todos ali, deu por falta dela. Ele conta que até hoje se lembra do número da Lúcia naquela prova, sessenta e sete, o número que ele mais procurou na vida, no espeto de chegada. Estava ficando desesperado. Ele era sempre muito alegre e brincalhão com tudo, e quando eu o vi discutindo com o diretor da Federação, comecei a perceber que a coisa era muito grave.

Já estavam começando a recolher os barcos de apoio e o Agenor dizia: "mas e a minha nadadora?" "Deve estar chegando..." "Não, eu a treino, a conheço, sei em que ritmo ela nada, já devia estar aqui há muito tempo!" Enquanto o Agenor discutia com o diretor da prova, que tentava tranquilizá-lo, chegou o último barco de apoio anunciando que não havia mais nenhum nadador na água. Alucinado, o Agenor foi pedir que os barcos a motor, que eram dos bombeiros, voltassem imediatamente para a água em busca da Lúcia. Mas o chefe dos bombeiros disse que já tinha dado sua hora e seu trabalho tinha terminado. "É de uma vida humana que estamos falando, como é que você diz que seu trabalho terminou?" – o Agenor disse. "Não tenho gasolina" – o bombeiro respondeu. Saíram o Agenor e o diretor da Federação, que a essa altura já estava assustado também, atrás de combustível. Mas quando voltaram o bombeiro recusou-se de novo a sair em busca da Lúcia. Resolveram ligar na Capitania dos Portos, o Agenor já começava a chorar, imaginando o pior, quando a Lúcia chegou, trazida de moto por um surfista que a ajudou quando ela ia chegando... na praia do Tombo! Assim que viu o Agenor e se tranquilizou, desmaiou de esgotamento. Ela tinha se perdido, saído da rota da prova sem que ninguém do apoio se desse conta, nadado aproximadamente nove quilômetros a mais do que a prova, por uma área de correntes perigosas e chegado numa praia ótima para surfe, mas não tão própria para natação. E, para o bombeiro, sua missão estava terminada, pois era hora dele ir para casa e nadadores fora da área de prova simplesmente não eram de sua responsabilidade.

Depois dessa prova, o Agenor escreveu cartas para a Federação e para o Corpo de Bombeiros – parece que chegou a ser instalado um processo administrativo para apurar a negligência – e decidiu que não nos levaria mais para as travessias. Mas, passado algum tempo, o pessoal da Federação telefonou para ele dizendo que tinham mudado o esquema e reforçado a segurança e a gente acabou voltando...

Houve uma outra ocasião assustadora, mas ali o trabalho do apoio era sério. Foi na travessia do Rio Negro, em agosto de 1985. Eu estava nadando bem, apesar de ter descido demais o rio e agora estar percebendo que teria que subi-lo um pouco para chegar. Já dava para ver bem a chegada, não estava longe, quando um bote se aproximou e me pararam aos gritos, mandando que eu subisse. Eu respondi que estava bem, muito perto e não queria parar. Responderam-me: "está vindo uma tempestade feia, se você não subir agora não nos responsabilizamos pela sua vida". Pareciam mesmo assustados. Decepcionada, dei a mão para o rapaz e subi no bote. Em seguida eles foram recolher a Gê, amiga minha lá do Rio Pardo, que também não queria sair e ouviu a mesma advertência. Já estava começando a ventar forte e o rio ficou tão movido que tiveram que jogar uma corda para ela segurar e puxá-la para o bote, pois não conseguiam fazer a aproximação. Dali nos levaram para um barco grande da marinha onde imediatamente recebemos ordem para colocar coletes salva-vidas. Na tormenta que se seguiu vimos que, de fato, não dava para nadar naquelas condições. Eu não imaginava que um rio pudesse ficar daquele jeito. Verdade que tendo, naquele ponto, cerca de oito quilômetros de largura, a área é considerável, mas foi uma apavorante surpresa ver o tamanho e a fúria das ondas que se formavam e como aquele barco chacoalhava. De todas as provas que abandonei, foi a que me fez sentir mais frustrada, porque eu já me via perto, porque quando parecia estar finalmente superando meu medo paralisante veio alguém para me dizer que o perigo era real e porque eu tinha viajado muito longe e não queria de jeito nenhum fracassar de novo. No ano seguinte voltei lá e, finalmente, consegui completar minha primeira prova.

Também foi em Manaus, na minha terceira e última travessia do Negro, em 1987, que pela primeira vez participei de uma prova sentindo que estava nadando bem de verdade. Tinha tomado certo gosto pela coisa, aprendido a controlar o medo e já não abandonava mais as provas. Estava ganhando experiência e treinando forte, bem motivada para voltar ao Rio Negro. Mas queimei o pulso e os dedos esquentando demais uma cera de depilação e soltando o vidro – que se quebrou – no susto. A queimadura foi bem séria e a dermatologista me proibiu de nadar por, pelo menos, dez dias. Faltavam doze para a prova. Eu não me conformava. O Agenor me consolou dizendo que eu vinha treinando muito e um descanso me faria bem e me convenceu de viajar, mesmo sem acreditar muito naquela conversa. No dia da prova a lesão ainda estava bem feia e a Teté, que era a técnica auxiliar que tinha viajado com a gente, fez um curativo, principalmente para proteger do sol. Nas primeiras braçadas o curativo já tinha começado a se soltar e em menos de dez minutos eu arranquei tudo – estava atrapalhando – e nadei forte. Estava muito leve, nadando fácil, gostoso e foi então que eu aprendi como é fundamental um bom descanso antes de qualquer prova importante. Outro fato digno de nota foi que no dia seguinte da travessia, para espanto meu e da Teté, a queimadura estava perfeitamente cicatrizada. Pensei que era porque eu tinha finalmente relaxado, mas algum tempo depois a Sô, minha irmã, leu qualquer coisa sobre microorganismos com propriedades cicatrizantes nas águas do Negro e eu achei que essa também podia ser uma boa explicação.

  Enfim, àquela altura eu já nadava umas provinhas de águas abertas e talvez até fosse uma das melhores da equipe nessa modalidade. Ainda assim, achava que o Canal da Mancha estava completamente fora das minhas possibilidades. Eu nunca tinha sequer nadado uma prova tão longa em água quente. De onde o Agenor tirava a ideia de que eu poderia nadar uma prova como aquela, justo a que era considerada o grande desafio dos nadadores de águas abertas?

  Eu creditava a certeza dele à maluquice que ele cultivava. Mania de apostar alto demais, como na vez em que eu o ouvi dizer, com seu jeito meio desbocado, para alguém que da beira da piscina admirava o Yuri, nosso nadador mais novo e também o mais talentoso: "se esse moleque não for campeão paulista eu corto meu saco". Para sorte dele – e da Rita, a esposa – o Yuri foi campeão paulista, e até brasileiro, anos mais tarde. Mas a insistência com que ele afirmava que o Canal da Mancha estava para mim era mesmo coisa de louco, continuo achando. Só que, passados alguns anos, a loucura me infectou também e passei a pensar que talvez eu pudesse ser de fato capaz. Verdade que foi preciso bastante tempo. Em 88 entrei na faculdade e vim para São Paulo estudar Educação Física na USP. Curioso é que eu passava o dia todo estudando os benefícios da atividade física e estava cada vez mais sedentária. Não cheguei sequer a tentar entrar em alguma equipe de natação daqui porque um certo complexo de inferioridade caipira me fazia acreditar que só havia grandes campeões treinando na capital. Eu era sócia do E.C. Pinheiros, mas nem me passava pela cabeça tentar entrar na equipe do clube. Eu lembrava dos pódios do campeonato paulista, sempre maciçamente povoado por nadadores do Pinheiros e do Paulistano e concluía que simplesmente não tinha nível. Além disso, me sentia "velha", achava que já tinha dado o que tinha que dar no esporte. Naquela época, os nadadores costumavam chegar ao auge muito cedo, mais ou menos na idade que eu tinha, então eu imaginava que a partir dali só haveria declínio.

 Os primeiros tempos na cidade grande foram difíceis. Para uma adolescente que deixa uma fazenda aos 17 anos e vem morar com a irmã na Capital, São Paulo não chega a ser o lugar mais acolhedor do mundo. Minha vida até então tinha sido a escola regular e um pouco de esporte – primeiro Ginástica Olímpica, depois Natação – muita estrada e poucos amigos. A fazenda onde eu morava ficava a meia hora da cidade onde eu estudava, São José do Rio Pardo. Às 5h45min minha mãe chamava: "bom dia belezinhas, tá na mesa". Havia sempre alguém para me levar e buscar onde quer que eu fosse. A geladeira era mágica – estava sempre cheia – e a mesa sempre posta. De repente eu me vi numa cidade que não conhecia, sem mãe nem bom dia, dependendo de um transporte público extremamente precário, tendo que adivinhar em que ponto parava o ônibus que eu tinha que pegar. Era simplesmente impossível programar a hora de chegar, ainda que eu estivesse no ponto à mesma hora todos os dias: um dia o danado do ônibus passava em dez minutos, no dia seguinte, levava quarenta e cinco.

Havia também coisas boas, certamente. Morar, ou mesmo apenas estudar e treinar, em São José do Rio Pardo era como um Big Brother permanente. Aonde cada um ia, a que horas voltava, com quem conversava, de quem gostava: todo mundo sabia de tudo. Não sei se ainda é assim – já faz vinte anos que vim para São Paulo – mas não tenho saudade, a não ser de algumas pessoas. Gostei muito do anonimato da metrópole. E também estava encantada com minha nova liberdade de ir e vir. Mesmo dependendo de um transporte público tão precário e ficando indignada de pensar que era apenas com ele que a maioria das pessoas podia contar, não deixou de ser uma grande conquista descobrir que eu podia ir para onde e quando quisesse, voltar na hora que quisesse, sem depender de alguém que me levasse ou buscasse nem ter um monte de olhos observando meus passos. Mas a adaptação não foi exatamente fácil.

O segundo ano foi o pior de todos. Perdi meu afilhado e meu irmão mais velho e parecia ter perdido também o chão. Por mais que eu tentasse, não conseguia espantar a pergunta: por que? Não havia resposta, mas eu queria encontrar uma.

Eu desejava tanto que quase acreditava, em alguns momentos, que era tudo mentira. Durante muito tempo eu ainda tinha a sensação de que encontraria meu irmão João na próxima vez que fosse à fazenda, ou que ele telefonaria dizendo que estava em São Paulo e queria um pouso lá em casa e convidando para uma pizza na Monte Cassino. Se eu via uma caminhonete parecida com a dele automaticamente me virava esperando vê-lo. Tendo onze irmãos, inúmeras vezes ouvi de amigas ou colegas de escola a pergunta: "como é que você aguenta? Eu tenho só um (ou dois) e já não aguento mais". Minha resposta era: "eu não teria nenhum irmão para dispor, se você estivesse querendo mais alguns, adoro todos eles, não me enxergo sem qualquer um deles". Agora era como se me faltasse um pedaço. Se antes eu imaginava que não seria possível viver sem um dos meus irmãos, agora via que a dor não chegava a matar, era apenas incapacitante. A certa altura do terceiro ano resolvi reagir e parte da reação foi voltar a nadar. Sem pensar em treino nem competição, só para afogar o choro na piscina e resgatar certa coerência. Eu não levaria a sério um médico que tivesse um cigarro entre os dedos enquanto recomendasse ao paciente que deixasse o vício. Então não poderia ser uma professora de Educação Física sedentária.

 Certo dia de julho, hora do almoço, eu estava nadando na piscina olímpica do E.C. Pinheiros quando caíram mais duas meninas na minha raia e pediram para "rodar" (quando mais de duas pessoas nadam na mesma raia, é preciso ir pela direita e voltar pela esquerda. Um retângulo de 25 metros de comprimento por dois de largura dificilmente passaria por círculo, mas a gente chama de rodar). Só quando parei de nadar percebi que elas estavam num treino e eu, provavelmente, atrapalhando. Pedi desculpas ao técnico que me desculpou sim e me convidou a treinar com eles. Eram triatletas e treinavam natação todos os dias ao meio dia. Expliquei que gostava muito de nadar, mas era incapaz de correr e nem tinha uma bicicleta, ao que ele respondeu: "Não tem problema, vem aí". Hoje me pergunto quantos atletas o Luiz Gandolfo já formou assim, na base do "vem aí".

Desde criança, Luiz gostava de esportes e praticou várias modalidades. Sua habilidade, aptidão física e alta competitividade – "eu sempre queria ganhar" – faziam com que se destacasse. Acima de tudo, praticava esporte por prazer. Aos nove anos aprendeu a surfar, aos quinze matava aula para descer ao litoral com os amigos. No surfe, embora também competisse, começou a perceber outras coisas importantes no esporte além de buscar a vitória: estar junto com os outros, compartilhar experiências. Mas levava uma vida desregrada, "fazia só o que tinha vontade". Então, veio o Exército. No CPOR precisou aprender, na marra, a obedecer, ter disciplina e ser organizado. Percebeu que participar das equipes de competição esportiva trazia vantagens e aproveitou para treinar tudo o que estivesse disponível. Mas quase no fim do curso de dois anos, num jogo de futebol, a entrada maldosa de um adversário arrebentou seu joelho. Seus superiores não permitiram que parasse e ele passou os últimos dois meses treinando e competindo com dor e agravando a lesão. Quando terminou, jurou que não competiria mais.   Depois de rápida passagem pela Agronomia, decidiu-se pela Educação Física, formou-se na USP. Trabalhou com Ercy Santos Hanitzsch e aprendeu muito sobre "reeducação física", conseguindo, inclusive, reabilitar seu próprio joelho. Ele conhece o esporte de todos os lados: como treinador, como organizador e como atleta. Foi campeão brasileiro na distância Meio-Ironman e participou de duas edições do Ironman no Havaí. Na terceira, apenas observou a organização e os bastidores da prova. Nada dessa história de faça o que eu digo, não faça o que eu faço: "um professor de educação física precisa estar em forma". Acredita no esporte saudável e diz que quando não é assim, algo está errado. Dá treino de acordo com a capacidade de cada atleta naquele momento, respeitando as particularidades de cada um. Apenas sob essas condições ele próprio voltou a treinar e competir. O que faz do Luiz um técnico diferente é o fato de que ele acolhe atletas que a maioria dos técnicos não se disporia a treinar e nunca "estoura" um atleta. Sem pressa nem ansiedade para fazer campeões, diz que "não adianta nada o sujeito ganhar alguns troféus, várias lesões e uma sequela que faz com que ele nunca mais possa correr. O esporte deve ser feito com prazer e por toda a vida". Competir, ganhar, deve ser consequência, o importante é praticar. Por isso, quando alguém vai perguntar a ele o que precisa para começar a treinar ele diz apenas: "vem aí". "Não sei nadar bem"... Vem aí. "Tal dia não posso nesse horário"... Vem aí. É mais fácil vê-lo bravo com um atleta para que vá embora descansar – eu mesma já ouvi várias vezes: "chega, já treinou demais!" – do que forçando alguém a continuar.

    E foi assim que eu voltei a treinar. Achei gostoso nadar sem pensar em competir. Muita gente poderia dizer que era um treinamento desprovido de objetivos, totalmente desmotivante. Mas havia uma porção de objetivos: ficar em forma, melhorar a disposição, nadar melhor que no dia anterior, encontrar os novos amigos da água. E, se nenhum desses existisse, haveria ainda o simples prazer de nadar.

    Depois de quase um ano de natação alegremente descom-promissada notei, surpresa, que estava nadando melhor do que na época em que treinava para valer. Mais ou menos nessa época, numa terça-feira qualquer, fui almoçar na casa da minha avó, como fazia sempre que podia, eu e todos os filhos e netos dela que estivessem em São Paulo, e encontrei lá o João Baptista, irmão mais novo da minha mãe. O mais novo e também o mais aventureiro, para sempre um moleque brincalhão, mesmo beirando os cinquenta. Tem paixão por automóveis, lanchas, aviões. Gosta de correr de carro e eu ouvi dizer que na época em que ele participava de campeonatos em Interlagos, minha avó costumava ficar de ouvido muito atento ao radinho, escutando a transmissão da corrida. Quando o locutor dizia "o João Caldeira quebrou, está fora", ela dava graças a Deus, desligava o radinho e respirava aliviada. Sua maior torcida era mesmo para que ele quebrasse logo. Nessa história não sei se tenho mais pena da minha avó em sua aflição de mãe – afinal agora já sou mãe também – ou do João com essa torcida contra, ainda que por amor, que eu também experimentei. Enfim, contei ao meu tio que estava nadando de novo, treinando um pouquinho, ele veio logo querer saber se eu não ia treinar para uma Olimpíada, porque o João não é de se contentar com pouco. Eu contei que as Olimpíadas estavam totalmente fora das minhas possibilidades e aspirações, que naquela idade os grandes desafios nos quais eu poderia pensar seriam as maratonas de águas abertas, coisa que de fato eu gostava muito de fazer e bem que gostaria de tentar atravessar o Canal da Mancha. Era uma conversa de loucos, mas estava entre tio e sobrinha, nenhum dos dois batia muito bem e ninguém mais precisava saber que eu tinha vontade de fazer uma coisa dessas, porque não contar? Foi então que ele me saiu com essa: mas se tem vontade, por que não atravessa? Eu comecei logo pelo que, para mim, parecia o maior problema: a travessia custa caro, patrocínio é difícil, ninguém iria acreditar numa nadadora tão inexperiente. Ao que ele retrucou: pode treinar, se você não conseguir patrocínio, eu patrocino. Cumpriu a promessa e fez mais: foi um dos meus maiores incentivadores, mesmo depois do fracasso da primeira tentativa.

Mas não foi só isso que fez com que eu resgatasse as histórias do Canal, que volta e meia ameaçavam transformar-se em sonho. Aconteceu também que eu estava em outro momento difícil, confusa, pensando em começar outra faculdade. Resumindo, numa tremenda crise. E, às vezes, acontece de uma pessoa entrar em crise e resolver: "já que não sei bem o que fazer, vou atravessar a nado o Canal da Mancha". Deu para entender o por quê?

23 de setembro de 1993

Talvez exista gente que não faça questão. Mas eu gosto de saber onde piso. Como ainda não tinha amanhecido e a escuridão era quase completa, a não ser pela luz do barco uns 300m adiante, aquela praia de pedra não se mostrou nada convidativa para meus pés descalços. Ainda bem que eu não tinha mesmo que ficar ali. Apenas firmei o pé no chão inglês e voltei para o mar, em busca do chão francês. Em busca do sonho, enfim.

Não havia qualquer vento. Eu estava nadando numa piscina, só que de água salgada, o que é uma vantagem, porque a gente flutua mais e nada muito mais leve. Era tão diferente do cenário que eu tinha encontrado no ano anterior, tão diferente da ideia que se tem do Canal, que podia mesmo ser um sonho. O "beliscão" era o frio que eu sentia. A água estava a 16°C. Vinte e três de setembro é outono já.

Evidente que meus planos não eram nadar tão tarde, mas fui obrigada a esperar por causa do mau tempo que durou dias e atravessou todo o período anterior de marés favoráveis.

Era simplesmente desesperador. Todos os dias eu ia treinar numa prainha perto do porto, pequena e protegida. Na entrada havia uma placa onde diariamente se atualizavam informações sobre a temperatura da água e o horário da maré cheia. Quando eu cheguei, no finalzinho de agosto, o mar estava a 18°C. Os dias foram passando, o clima começou a esfriar e a placa passou a mostrar 17°C. Nada do clima melhorar e os 17°C viraram 16°C. Batia um certo desespero, porque quaisquer dois graus fazem bastante diferença. Mas ainda assim, não era mais frio do que eu estava esperando, antes de viajar.

A temperatura da água no Canal talvez forneça uma boa mostra do aquecimento global. Porque, pelo que me contavam, 16°C era água quente por lá. Hoje em dia, ela chega a 18°C, 19°C com frequência no verão. Se bem que também pode ser que a fama de água gélida, variando entre 12°C e 15°C, tenha se criado a partir de "histórias de nadador". Acostumei-me a flagrar nadadores de longa distância aumentando um ponto ao contar os contos de suas façanhas.

O mar estava calmo como uma piscina, uma piscina fria, escura, salgada e interminável. Ao parar para o primeiro copo de chá dei uma olhadela para o lado da França, que ainda não se via. Não repetiria este gesto durante as nove horas seguintes porque sabia que o cenário demoraria muito a mudar, dando aquela sensação de estar nadando sem sair do lugar. Mesmo depois do amanhecer eu não voltaria o olhar para o sul, embora tenha olhado para trás umas duas vezes, a fim de conferir como se distanciava a Inglaterra.

Estava tudo muito melhor do que eu poderia ter imaginado, especialmente depois da tormenta do ano anterior.

3.

Em 1992 o início da prova havia sido tétrico. Ventava muito. As ondas eram grandes e desordenadas, sem ritmo nem direção. Mesmo assim, engolir água salgada estava longe de ser meu pior problema. Bebi muita, mas o que desesperava era o medo do barco. Eu ia nadando, uma respirada a cada três braçadas, como de costume. Respirava para a direita via o Claudio, que não tirava o olho de mim, lá em cima. Do lado esquerdo não havia nada, mas quando eu voltava a respirar para a direita, o Claudio estava lá embaixo. Minha reação era nadar mais longe um pouco, porque a sensação era a de que na onda seguinte o barco poderia descer em cima de mim. Mas eu me distanciava só um pouquinho e o Claudio já começava a gritar: "mais perto, mais perto". Talvez até ele estivesse um pouco assustado. Só que a preocupação dele era não me perder de vista um segundo sequer, enquanto eu tentava argumentar a favor da distância: "o barco vem em cima de mim!". Ele me garantia que nada me aconteceria, mas eu estava simplesmente apavorada.

Depois que tudo aquilo passou, fiquei pensando que talvez esse medo também tenha sido um dos problemas da

Renata Agondi, que morreu tentando a travessia em 1988. Dizem que o mar estava horrível e é bem provável que o barco também a tenha apavorado, mesmo ela sendo uma nadadora tão experiente. A Renata tinha sido vice-campeã mundial meses antes de sua morte. Foi certamente a melhor nadadora de águas abertas que o Brasil já teve e era muito experiente, embora não tanto em água fria. Mas nas competições, o barco que acompanha o nadador é sempre pequeno. Em algumas provas, são barquinhos a remo. Por piores que possam estar as condições do mar (ou seja lá que água for), a gente nunca pensa que vai ser esmagada pelo barco na próxima onda. E parece que ela estava mesmo nadando a certa distância, o que pode ter dificultado que percebessem, do barco, que ela já não estava em condições de seguir e impedido um socorro rápido quando ela perdeu os sentidos, em hipotermia.

Embarcações pequenas são ideais para o acompanhamento de provas, pois facilitam a comunicação com o nadador e a alimentação. No Canal isso não é possível, porque o barco é toda a estrutura do nadador. Imaginem um barquinho inflável com motor de popa para acompanhar um nadador em meio ao tráfego intenso do Canal da Mancha. O que fazer com os petroleiros? Pior: se o nadador precisa de socorro lá no meio, como atendê-lo? Nas competições, além dos barcos que acompanham os nadadores, há toda uma estrutura de barcos maiores que ficam circulando pelo percurso, entre o primeiro e o último nadador. Um barco enfermaria, um barco da arbitragem, outro para a imprensa, geralmente algumas lanchas rápidas de socorro. A organização da prova monta uma estrutura de apoio que, no caso de um desafio solo, como é o Canal, acaba ficando toda concentrada no barco do nadador.

Já houve competição no Canal, mas é uma prova de

organização difícil e cara porque não se pode marcar sequer uma data, e até a hora da largada depende da maré. Certa vez os nadadores estiveram esperando a prova por quase um mês, como aconteceu comigo. Só que estavam todos patrocinados pela organização, a um custo muito alto, principalmente para um esporte que não alcança retorno de mídia. No ano seguinte, a competição já não existiu, evidentemente.

O fato de o nadador ser acompanhado por um barco relativamente grande tem uma importância crucial. Às vezes os nadadores optam por receber sua alimentação numa garrafinha amarrada a uma corda. O técnico atira a garrafinha na água, e recolhe depois puxando a corda. É prático, no entanto, desse modo o técnico nunca pode ter uma boa noção de como está o nadador. Claudio nunca faz isso. Pendura-se do lado de fora do barco até que esteja perto o suficiente para entregar a alimentação na mão do nadador. Nesse momento, pergunta algo, olha nos olhos do nadador. Acho que mais do que saber o que se passava comigo, Claudio era capaz de sentir o que eu sentia. Em matéria do que um nadador pode sentir enquanto está nadando uma prova, ele certamente já experimentou tudo. Por isso eu sabia que podia estar tranquila, pelo menos em relação à minha segurança.

23 de setembro de 1993

E, de qualquer forma, o cenário agora não era nem de longe tão assustador como o que eu tinha encontrado um ano antes.

Segui nadando assim como num sonho, nesse Canal da Mancha muito camarada, num cenário improvável e difícil de imaginar algumas semanas antes, quando eu treinava num mar furioso de dar medo. Minha mãe telefonou no barco, apesar de ser madrugada no Brasil, para saber como andavam as coisas. O Claudio imediatamente me contou, por escrito na lousa. Era uma hora da manhã no Brasil e ela na torcida. Um pouco depois, ligou meu tio João Batista, que deveria estar lá comigo, como havia estado no ano anterior. Chegou a viajar e participou de boa parte da minha terrível espera, mas quando ela se estendeu demais, teve que voltar para o Brasil. Era uma pena que ele não pudesse estar comigo depois de ter me apoiado tanto. Mas o apoio continuava, mesmo de longe. Foram muitos os telefonemas durante a prova. Tantos que, o Claudio me contou depois, os irmãos Brickell estavam se divertindo com o tanto de gente que queria saber como andava a prova. Ficaram impressionados com o tamanho da minha família. Imagino que eles nunca tinham conhecido alguém que tivesse 11 irmãos antes. De novo, a irmã? Não, é outra irmã.

4.

Sou a filha número dez. Parece que nos dias que precederam meu nascimento, meu pai andava às voltas com um problema cabeludo na pequena usina hidrelétrica que, localizada numa propriedade vizinha, fornecia energia para a fábrica que funcionava na fazenda. Quase não aparecia em casa, nem para comer e dormir. Na manhã do dia quatro de junho, enquanto minha mãe estudava piano com um dos meus irmãos mais velhos, meu pai chegou, completamente esgotado, porém satisfeito. "Tudo resolvido?" – ela quis saber. "Sim, tudo funcionando". "Pois então eu vou preparar uma comidinha para você e vamos para São Paulo que eu acho que vou ter nenê". Meu pai também já tinha tido nove filhos antes, mas não ficou tão tranquilo não. Eles subiram no Fusca e... Mal consigo imaginar o que foi aquela viagem. Em 1970 eram 150 quilômetros de estrada de terra, mais 130 de asfalto sei lá em que condições. Num Fusca. Em trabalho de parto! Cinco horas de viagem, chegaram à Pró-Matre, o médico veio examinar minha mãe e disse: 'acho que não nasce hoje'. Ela achava que nascia, disse que estava muito cansada da viagem e pediu para ficar no hospital. Segundo ela, como 'especial deferência' ao número de vezes que já tinha dado à luz, o médico acabou permitindo que ela ficasse. Três horas depois eu nasci. Era esperada apenas para meados de julho, pesava 2,5 quilos – o que estava ótimo, segundo minha mãe – e era meio 'gemente' – o que já não estava tão bom e assustou todo mundo. Prestem atenção à data: 4 de junho de 1970. Plena copa do mundo, Brasil rumo ao tri! Na véspera do meu nascimento, a seleção tinha vencido a Tchecoslováquia por 4x1. No dia 7, ainda estava na maternidade quando a seleção bateu a Inglaterra por 1x0. Minha mãe conta que o barulho da comemoração na vizinha Avenida Paulista era tanto que ela sentiu vertigem, tinha a impressão de que a cama estava afundando. E ainda era a primeira fase. Apesar do desconforto que minha mãe passou – e provavelmente eu também – sempre considerei um bom presságio ter nascido nesse clima de celebração.

Ser a décima de doze filhos tem muitas implicações. Certa vez perguntei à minha mãe como foi que ela deu conta e a resposta foi: "sabe que eu também não sei. Acho que às vezes eu deixava na mão do anjo da guarda mesmo". E na mão de anjos da guarda, ou de irmãos e primos mais velhos, o Quim, o oitavo da escadinha, aprendeu a dirigir aos sete anos. Na fazenda correu o boato de que tinha assombração dirigindo o carro da Dona Esméria, pois ele era tão pequeno que, para quem via de fora, parecia que o carro estava andando sozinho. O Zé, número onze, andou de moto aos três. Era uma cinquentinha, mas aos cinco ele já andava numa maior, de 125cc. Precisava ajuda para sair e parar, não alcançava o pedal do câmbio, mas ficava dando voltas e voltas ao redor da casa em uma só marcha. Logo que cresceu mais um pouco, bem antes de alcançar o pé no chão, aprendeu a correr ao lado da moto para sair e parar e ficou 'independente'. Eu não era precoce, devo ter aprendido a andar de moto com uns 10 anos. Tão 'inextraordinário' que nem eu nem ninguém se lembra da idade exata.

Ter muitos filhos era um projeto de vida para a minha mãe. Dizem que quando tinha cinco anos, a quem perguntasse o que queria ser quando crescesse respondia: "professora e mãe de doze filhos". É verdade que ela também é estritamente católica e não concorda com nenhum método de contracepção, mas ainda assim, não se pode deixar de dizer que chegar à dúzia era sonho de criança. Hoje eu tenho uma visão um pouco crítica da escolha da minha mãe. Só um pouco, porque, sendo a décima, numa escolha diferente eu simplesmente não existiria. Mas ainda que eu discorde dela em um monte de coisas, minha admiração só faz crescer a cada dia, além da certeza de que nunca vou conhecer mulher tão forte, coerente e de bom coração. E essa coisa de correr atrás de sonhos, talvez eu tenha herdado dela...

Nadar assim, 'em companhia' da família, dos amigos e de todas as pessoas que eu sabia estarem torcendo por mim era muito gostoso, mesmo sabendo que muitos reprovavam fortemente aquela minha escolha bizarra. Pois torciam mesmo assim, para me ver contente ou, pelo menos, para que eu conseguisse logo e então deixasse daquilo. E havia aqueles que compreendiam, percebiam como as experiências que eu vivia na água e em torno dela me enriqueciam. Foi engraçado quando eu voltei a nadar e decidi treinar para a travessia, porque quase ninguém acreditou em mim. Mas, sempre que eu estava quase desanimando, de tanto ouvir "você é louca", "deixa disso", "você quer morrer?", etc, aparecia alguém para me apoiar e dar ânimo. Alguém que não só achava que eu era capaz, mas que se entusiasmava com meu desafio, compartilhando-o. Além do Agenor e do João Baptista, teve o Luiz Gandolfo, o Antônio Herbert Lancha Júnior, meu professor de nutrição na Educação Física, o Igor, que virou meu técnico mais adiante, o Claudio, que estava ali comigo e o outro Claudio, Zsigmond, o Ziggy, que tinha estado no ano anterior.

Quando decidi tentar a travessia, uma das primeiras coisas que fiz, naturalmente, foi procurar o Agenor. Ele me pôs em contato com a Key France e falar com ela ao telefone foi gostoso, suas palavras de incentivo tiveram um grande significado. Porém, o que eu precisava mesmo era uma estratégia de treinamento, e o Agenor, apesar de já não 'estar' técnico de natação naquela época, convidou-me para um treino em Caconde. Não era mais inverno e a água não estava tão fria, o que ele queria era saber a quantas andava minha resistência. O Zsigmond foi comigo para a fazenda e, junto com o Gegê, me acompanhou naquele treino, remando um caiaque, durante umas boas três ou quatro horas, na maior disposição! O apoio dele foi fundamental naquele começo, um daqueles poucos que acreditaram quando ainda parecia muito mais racional não botar fé.

Mas talvez tenha sido a Lu, minha irmã, a pessoa que mais me apoiou durante todo o período de treinamento. Viajou comigo para um monte de provas, foi super companheira. E tudo isso sem nunca achar que aquilo fazia muito sentido, o que é mais incrível. Lembro de quando fomos juntas para Ubatuba, na primeira prova que nadei depois do recomeço. Eu tinha me inscrito como avulsa, pois não fazia parte de nenhuma equipe. Não estava acompanhada por um técnico e absolutamente ninguém me conhecia. A prova era em circuito de 3 km e cada nadador podia nadar de uma a quatro voltas. Depois que o primeiro colocado completasse os 12 km, todo mundo tinha que sair ao final da volta que estivesse nadando. As provas do Paulista eram todas nadadas assim, naquela época. Fui para a prova com o objetivo de terminar a terceira volta antes que o primeiro colocado terminasse a quarta, para poder nadar a prova toda, porque 12 km, eu pensava, é muito pouco para quem quer atravessar a Mancha e eu não queria nadar menos ainda. Consegui nadar a prova toda, fiquei bem contente e a Lu e eu decidimos almoçar, pensando que os resultados demorariam horas. Quando voltamos, não havia mais ninguém por ali, a não ser a técnica de uma equipe que perguntou o que queríamos. Eu disse que tinha nadado a prova e não tinha ideia de como tinha me saído na classificação. Ela perguntou meu nome, equipe, quantas voltas tinha nadado, e depois disse: "então é você? Mas onde você nada? Não tem equipe? Você ficou em segundo lugar!" Duvidei um pouco daquela informação meio incerta, mas depois conferi junto à Federação e vi que era aquilo mesmo. Não achei nada mal.

Depois de Ubatuba, a Lu foi comigo até Panorama, na divisa de São Paulo com o Mato Grosso do Sul. Foi quando "Panorama aconteceu". É que, na estrada, bem antes de chegar, começamos a ver os cartazes, enormes outdoors em que se lia: "Panorama vai acontecer: XXVI travessia a nado do Rio Paraná". Lá eu tive a maior "equipe de apoio" de todos os tempos: meus tios que moravam em Três Lagoas, no Mato Grosso do Sul, meu irmão que trabalhava por lá, meus primos. Foram todos torcer por mim. A prova era muito curtinha, de velocidade eu diria. Foram só 2 km. Fiquei em segundo de novo, para decepção do tio João Baptista que achava que eu tinha que ganhar de qualquer jeito. A primeira colocada foi a Ana Maria Vidal, nadadora de quem eu nunca ganhei uma prova sequer. No ano seguinte, fui campeã paulista, ganhava todas as provas, mas na minha categoria. A Ana Maria ganhava no geral, eu sempre em segundo, a menos que ela não estivesse, o que costumava acontecer quando esfriava. Foi uma pena que ela deixou de nadar pouco depois, sem nunca fazer uma carreira internacional, porque era uma grande nadadora.

Rifaina, Igaratá, Ituverava, Caraguatatuba, São Sebastião. Quase todo lugar onde eu ia nadar, lá estava a Lu comigo. Nos divertimos bastante naquelas andanças. De todos os meus apoios resignados, ela foi sem dúvida, e de longe, o maior. É provável que nem os entusiasmados tenham sido mais presentes do que ela. Além de me acompanhar nas provas, ouvia minhas angústias e suportava meu cansaço, já que morávamos juntas. Até o Edu, que era namorado dela quando eu comecei a treinar e agora marido, acabou entrando na dança e indo me levar para várias provas junto com ela. Ele era um pouco do time do João Baptista, pois quando me via contente com o segundo lugar sempre dizia: "eu acho que tem que nadar para ganhar". Não tive muitos apoios entusiasmados entre meus irmãos, provavelmente porque esporte nunca foi o forte da família. Acho que a Sô, quase 15 anos mais velha que eu, era a única a compreender de fato. Chegou até a nadar quatro provas comigo e realmente compartilhava minha paixão pela água e pelo desafio. Quando me sentia desanimada, ligava para ela. Eu nem precisava dizer o que estava sentindo porque ela tem o dom de adivinhar o coração da gente. É muito boa em encontrar soluções e está sempre pronta para ajudar todo mundo.

Meu irmão mais velho também teria sido um grande entusiasmado, sem dúvida. Às vezes acho que voltei a nadar muito por causa dele, uma certa herança que me deixou. Sempre que estava em São Paulo dormia lá em casa e dizia que não trocaria meu omelete pelo café da manhã dos melhores hotéis da cidade. Nessas ocasiões ele insistia que eu não deveria deixar de nadar, que a ideia de que eu "não tinha nível" era bobagem, que eu não estava velha e tinha bastante para desenvolver. Era apaixonado por esporte. Torcia pelo Santos e eu, na época em que o Zico jogava, torcia pelo Flamengo o que para ele era a heresia suprema. Primeiro porque ele sabia que eu não era flamenguista de fato, e sim fã do Zico, e achava um absurdo torcer por um time por causa de um jogador – a menos que fosse o Pelé, eu acho... Depois, porque uma paulista não podia torcer pelo Flamengo. Brigamos divertidamente em frente à TV certa vez que o Flamengo e o Santos disputaram a final de um campeonato brasileiro. Mas agora, enquanto eu ia me distanciando da Inglaterra nadando rumo à França, sentia que ele torcia mesmo era por mim.

Pensar na torcida me iluminava o coração enquanto não chegava a luz do dia. Nadar é uma atividade muito solitária. Numa prova assim longa, o excesso de tempo que temos para devaneio pode ser nosso grande aliado, assim como o maior adversário. Pensar em medos, por exemplo, não é uma boa ideia. O medo é paralisante e gela a gente mesmo num dia quente. Só pode ser uma boa arma quando podemos resolver o caso em segundos, pois não sei se dá para pensar em algo mais desgastante que um medo duradouro. Por outro lado, sonhar belos sonhos, lembrar de pessoas que amamos ou cultivar a esperança de um mundo transformado, onde haja menos ódio e mais compreensão, menos preconceito e mais conhecimento e entendimento do outro, menos egoísmo e mais partilha, aquece e dá força.

Lembrar da Dani Franco, por exemplo, faz um bem danado à alma. Desde que a conheci, li inúmeras vezes, escrita e reescrita por todo lugar, a frase: "Quem acredita sempre alcança". No cartão que ela me escreveu antes que eu viajasse, lá estava a frase de novo, muito bem colocada. Era preciso mesmo acreditar. Acima de tudo, o que faz da Dani uma excelente companhia para as travessias da vida é seu exemplo de vida. Porque ela é uma pessoa que tem princípios e os vive com coerência, exemplo de cidadania, amiga de todas as horas. Se houvesse mais Danis pelo mundo, viveríamos num lugar bem diferente.

Foi ela quem me presenteou com o livrinho do Maurício Simões, um ano atrás, antes da minha primeira tentativa. O livro era simplesmente a verbalização de tudo o que eu sentia, mas não conseguia explicar com tanta clareza. Depois tive a alegria de conhecer o Maurício e desfrutar de sua amizade. Mais uma pessoa realmente extraordinária a quem tenho a sorte, o privilégio de poder chamar amigo.

Um dos devaneios que eu mais gostava de ter enquanto treinava era ficar imaginando o que seria preciso para que o mundo fosse melhor. Nadando me acontecia um fenômeno interessante. De repente eu pensava que tinha mesmo a resposta e que tudo poderia mudar num estalar de dedos. Acho que era alguma coisa parecida com sonhar que me fazia ter ideias, fantasiar que de uma hora para outra todo mundo poderia descobrir que bastava amar e o mundo seria bem melhor, ou que de repente as pessoas deixariam de ter tantos problemas de compreensão, seriam mais capazes de enxergar pela perspectiva do outro, teriam mais compaixão e as guerras já não existiriam. Sonhava depois com um mundo em que ninguém acreditasse que ser feliz é ter mais que o vizinho, pelo contrário, percebesse que era mais gostoso ver o vizinho contente. Não acredito mais em mundo perfeito, não sei se porque envelheci ou se porque já não nado tanto, mas ainda me pego sonhando sonhos esquisitos, transformação, resgate, diversidade, solidariedade.

Pode ser que eu nadasse também como uma busca de isolamento, uma fuga do sofrimento, numa atitude um tanto egoísta, à procura de um lugar onde eu pudesse sonhar meus sonhos e fugir à frustração da realidade. Na piscina, no mar, enfim, nadando, não havia infelizes ao meu redor, era uma bolha, meus sonhos, meu mundo, uma espécie de esquizofrenia socialmente aceita, ou quase.

Nadar num mar gelado, no escuro, minha própria mão passando como uma sombra embaixo de mim, só o barco ali ao lado e aquela imensidão de água à frente, vou ter que concordar, era uma forma estranha de manifestar minha insatisfação com o estado das coisas – expressa mal e, evidentemente, não ajuda ninguém. Às vezes me pergunto se não deveria ter feito uma escolha diferente, mesmo sabendo que sou resultado de tudo que vivi e não tenho como saber se seria melhor caso tivesse traçado outro caminho, um que fosse mais pragmático e menos sonhador. A travessia estava mais para travessura, coisa de criança mesmo. Ninguém pergunta para uma menina porque está brincando com aquela boneca. Não há utilidade em brincar, mas é bom. Mas quando ficamos crescidos todo mundo espera que busquemos resultados práticos em tudo. Qual a utilidade disso, qual a utilidade daquilo. Concluo que tive muita sorte porque, se um caminho não leva a lugar nenhum, mas tem muita beleza, percorrê-lo vale a pena, apenas para apreciar. Enleva. E eu tive a oportunidade e desfrutei muito minha jornada. Teria sido triste não aproveitar.

23 de setembro de 1993

Amanheceu. Acho muito preferível nadar de dia, mas, por algum motivo, pouco depois do amanhecer comecei a sentir frio. Ameacei começar a tremer e tive um certo medo do meu corpo esfriar bruscamente. O Claudio deve ter percebido na mesma hora, porque pulou na água e veio nadar um pouco ao meu lado. Lembrei-me de que eu não abandonaria em hipótese alguma. Eu tinha combinado com o Claudio que seria dele a decisão de me tirar da água, se eu não estivesse bem e ele visse que já não tinha condições de continuar. Eu não pediria para sair. Nem precisava pensar a respeito do frio, portanto. Era só esperar ele passar...

5.

Minha decisão de transferir para o Claudio qualquer ansiedade em relação à minha segurança foi um dos grandes acertos da minha preparação. Claro que, como eu não estava disposta a dar a vida ao Canal da Mancha, o que permitiu essa atitude foi minha absoluta confiança na competência do treinador que me acompanhava. Mesmo assim, pode parecer uma decisão estranha, mas foi tomada com base em minha experiência do ano anterior. Na ocasião, Claudio queria que eu continuasse, achava que ainda estava bem, atravessaria o mau momento. Enquanto ele tentava me convencer a continuar nadando mais um pouco, o Ziggy, que estava morando em Londres e tinha vindo acompanhar minha travessia, correu para chamar meu tio que estava tirando um cochilo. O João Baptista tinha viajado com todo o peso da família sobre as costas. Nem posso imaginar quantas vezes ele deve ter ouvido meus pais e meus irmãos recomendando a ele minha vida. E eu de fato me sentia péssima, tinha um medo paralisante, muito frio, já não me sentia capaz. Ele chegou para me ver vomitar todo o chá que tinha acabado de tomar e interrompeu a tentativa do

Claudio de me convencer a continuar, me estendendo o braço e dizendo que se eu queria sair...

Quando abandonei a prova, percebi minutos depois que meu problema era muito mais psicológico do que físico. Porque um nadador que se esgota e entra em hipotermia demora um bom tempo para se recuperar, e eu estava inteira e era evidente que poderia ter continuado. O Claudio, que sabia disso antes mesmo que eu subisse no barco, me perguntou: não está cansada, verdade? O próprio João Baptista, que no dia seguinte ajudou o Claudio no acompanhamento de um nadador que chegou a entrar de fato em hipotermia, me disse depois que, tivesse conhecido antes os sintomas, não teria me deixado sair da água naquela hora de jeito nenhum. Não sei se teria adiantado, mas é verdade que bateu um certo arrependimento. Poderia ter conseguido, quem sabe, foi uma ideia que me assombrou enquanto me preparava para tentar outra vez. Mas, se tivesse conseguido aquele dia, certamente não estaria de volta e, quem sabe não seria este um dia muito melhor? Pelo menos eu estava um ano mais experiente e preparada. E muito mais decidida.

O problema em relação à hipotermia é que ela leva a pessoa a um estado de semiconsciência. Se a temperatura corporal de um nadador cai muito, ele pode continuar nadando, repetindo o movimento altamente automatizado de suas braçadas, mas já não será capaz sequer de contar os dedos de uma mão. Nesse estágio, quem acompanha o nadador é que deve decidir sobre sua saída da água. Embora não seja difícil reconhecer os sintomas da hipotermia, não deixa de ser uma responsabilidade grande para quem acompanha um nadador numa prova de água fria. Porque, quando precisa de socorro, ele já não está em condições de pedir.

Estar acompanhada por alguém em quem eu depositava tanta confiança me dava tranquilidade, porque eu já não tinha que ficar me perguntando, caso sentisse frio, quão perto estaria de já não ser capaz de pedir ajuda. Como sentir frio não é uma hipótese, mas uma certeza na travessia do Canal da Mancha, o sossego de me saber bem acompanhada, muito bem observada – no ritmo das braçadas, na expressão, no humor a cada pausa para alimentação – faz toda a diferença. Mas o fato é que, mesmo estando tranquila em relação à minha segurança, eu estava sentindo muito frio e a prova estava apenas começando. A hipotermia continuava sendo um fantasma, verdade que não tão assustador, mas podia, sim, me tirar da prova e acabar com o sonho. Era fundamental reencontrar meu calor.

Antes da minha viagem o doutor José Luiz Pistelli, meu ortopedista, deu-me de presente um livrinho chamado Life's Little Instruction Book. Uma dessas coisas bem americanas: "511 sugestões, observações e lembretes sobre como viver uma vida feliz e recompensadora". Está cheio de obviedades (keep it simple), algumas tolices sem sentido (never refuse home made cookies), mas tem também uma porção de conselhos importantes, na maioria das vezes também óbvios, mas nunca observados (recycle old newspapers, bottles and cans). Elegi uma frase para fazer um condicionamento. Deveria me lembrar dela a cada momento difícil: "Never give up on what you really want to do. The person with big dreams is more powerful than one with all the facts." Quando comecei a sentir frio percebi que o condicionamento tinha funcionado – lembrei-me da frase no mesmo instante.

O doutor Pistelli é uma dessas pessoas que sabem sair do comum e ir em busca de novas formas de ver e fazer. Tem essa capacidade que faz a diferença, por exemplo, entre o bom médico, competente, e aquele excelente, que pode, além de consertar o osso quebrado, ser o catalisador de uma verdadeira transformação na vida do paciente. Sua participação na história da nossa família está ligada a vários momentos difíceis, evidentemente, dada a sua profissão. Cuidou de nós a cada acidente, alguns graves. E resolveu também dores nas costas, pés torcidos e ombros travados.

Havia ainda outra frase de condicionamento, emprestada do Claudio, ensinada por ele quando fui para Mar Del Plata fazer meu primeiro treino em água fria. "O frio está fora", me dizia ele. Que maravilha, não? Se o frio não está dentro de mim, tudo bem, certo? Dentro há um coração quente, pulsando sangue quente, chá quente, luz e calor, vindos não importa de onde, mas que estejam lá. Ria quem quiser, mas estas coisas realmente ajudam numa hora dessas. Eu estava nadando havia umas duas horas, que não é assim tão pouco, principalmente na água gelada, mas numa travessia que pode facilmente durar mais de dez horas, vira um mero começo. Naquele primeiro treino aconteceu assim também. Senti frio logo no início e queria nadar oito horas. Era apenas um treino, mas tinha uma enorme importância para mim. A água fria era um bicho de sete cabeças que eu tinha que vencer. Se fracassasse, provavelmente desistiria de todo o projeto. Abriria mão do sonho, vencida no desafio. Então o Claudio me deu o chá quente que no dia anterior eu tinha dito que não tomaria, nadou ao meu lado, me repetiu quanto foi preciso que o frio estava fora e eu nadei as oito horas, que era o quanto precisava para fazer crescer um pouco minha confiança.

Conheci o Claudio em fevereiro de 1992, numa prova internacional no Guarujá. Uma em que havia acompanhamento para cada nadador individualmente, organizada pelo Djan Madruga, bem diferente daquela desastrosa de 1985 em que nossa nadadora se perdeu. Para essa prova a Lu não pôde ir e como eu precisava de alguém que me acompanhasse no barco, desse alimentação e essa coisa toda, o Chico veio me ajudar. Meu irmão número seis é agrônomo, apaixonado por música e nunca gostou muito de esporte. Ainda não tinha me visto nadar e ficou muito, mas muito impressionado mesmo, com o ritmo que eu era capaz de manter ao longo das horas. Ele era um dos que agora certamente estava torcendo muito por mim, e especialmente para que tudo isso acabasse logo. Preocupava-se muito, achava tudo perigoso demais, por mais que eu descrevesse os cuidados. Depois da minha travessia ele vai querer baixar um decreto na família banindo a palavra 'volta' do vocabulário de todos, para evitar o risco de eu 'ter a ideia' de tentar a travessia dupla, de ida e volta. E para quem estiver se perguntando de onde ele tirou essa ideia absurda, quem é que faria uma coisa dessas, digo que já houve alguns nadadores que nadaram ida e volta. Antonio Abertondo, um argentino, foi o primeiro, em 1961. Ele nadou 43h10min (!!!). Igor de Souza foi o primeiro (e único) brasileiro, em 1997, quatro anos depois da minha travessia, com a excelente marca de 18h33min. Na época da travessia do Igor eu tinha tempo apenas para minha filha, que estava com menos de um ano e o Chico pôde ficar tranquilo que não havia a menor possibilidade de eu me inspirar no exemplo.

    Pois foi o mesmo Igor, que havia muito nadava as provas do circuito mundial e tinha o Claudio como grande mestre e amigo, quem me apresentou a ele. Acompanhar nadadores no Canal da Mancha é algo que o Claudio faz profissionalmente. Mas antes mesmo de saber se eu poderia ir à Inglaterra para a travessia e levá-lo comigo, ele me convidou para ir à sua casa em Mar Del Plata, para fazer um teste em água fria, conseguiu permissão da Marinha para que eu nadasse numa praia fechada, onde haveria mais segurança, conseguiu outros dois nadadores com quem revezou para me acompanhar durante as oito horas, de forma que eu não precisasse nadar sozinha um minuto sequer. Contou-me sua história, compartilhou comigo sua experiência. Ensinou-me o que era preciso, burocraticamente, para atravessar o Canal, e contou-me os segredos para consegui-lo, uma vez que estivesse na água.

6.

Claudio Plit é o monstro sagrado da natação de águas abertas. Em 1990 foi eleito o nadador da década pelo Cannon (Konex) Institute depois de conquistar cinco campeonatos mundiais, vencer quatro vezes a Traverseè du Lac Saint Jean em sua antiga versão dupla de 64 km e atravessar duas vezes o Canal da Mancha. Nadou na costa australiana, italiana, norte-americana, brasileira, argentina, mexicana, nas águas do Nilo, do Paraná, do Rio Coronda, do Voltava, em lagos no Canadá, Itália, Brasil. O mais impressionante, no entanto, é que com tudo isso ele ainda consegue ser mais incrível como pessoa do que como nadador.

Nasceu em novembro de 1954 na cidade de Rosário, na Argentina. Seu pai, médico, morreu quando ele tinha apenas seis anos, vítima de septicemia, um risco bem presente para médicos antes da penicilina, depois de um ano de luta contra a doença, numa longa agonia. Foi nessa época que ele aprendeu a nadar, levado pelo avô, que se esforçava por tirá-lo um pouco de casa, junto com seu irmão. Ele conta que aprendeu "à moda antiga": seu avô o atirava na água e era nadar ou morrer. Depois, durante anos, teve um treinador que foi para ele como um segundo pai, ajudou a formar seu caráter, apoiou nos momentos difíceis, ia procurá-lo quando faltava ao treino, conversava, ensinava, muito mais que a nadar. Até que fez 17 anos, quando foi "iniciado": o treinador, que não era técnico por profissão, chamou-o e disse que até ali tinha ido com ele, agora precisava cuidar de outras coisas. Foi um período decisivo, como de resto costuma ser para a maioria dos jovens. Claudio começou a estudar medicina e nadou sua primeira maratona internacional, levado por um amigo que garantiu que com o dinheiro do prêmio eles poderiam pagar a viagem. Apaixonou-se pela natação e teve suficiente audácia para deixar a medicina de lado – "não era para mim" – e ficar apenas com a água. Por algum tempo nadou para viajar, conhecer o mundo. Mas como era muito bom, começou a ser capaz de tirar daí seu sustento. Toda sua vida construiu-se em torno da natação. Conheceu sua mulher, também nadadora, através do irmão dela, com quem nadou algumas maratonas. Como ela é mexicana, foi viver no México. Aí aperfeiçoou seu treinamento e teve início sua fase de maior êxito. Seu primeiro filho, Mauro, nasceu nessa época e ele ganhava a vida assim, nadando maratonas e chegando na frente. Nunca teve um patrocinador. Precisava ganhar.

Quanto piores estivessem as condições do clima e quanto mais fria estivesse a água, tanto melhor ele se saía. Ganhava também provas de água quente, como a Capri-Nápoles, mas era quando a situação piorava que ele se tornava imbatível. A travessia dupla do Lac Saint Jean era um palco perfeito. A prova durava mais de 18 horas, e a temperatura da água girava em torno dos 15ºC. Na saída era ainda mais fria, chegando a 12ºC. A cada ano, a organização do evento convidava os seis melhores nadadores do mundo para o desafio. Para os outros não tão bons, havia a travessia simples. Entre as seis edições da dupla, houve apenas uma em que todos os nadadores (os seis melhores do mundo!) puderam completá-la.

Para um nadador que vivia das premiações, ganhar no Lac Saint-Jean tinha particular importância, porque era a prova que pagava os melhores prêmios. Este fator elevava a pressão pré-prova a limites quase insuportáveis. Houve um ano em que Claudio por pouco não resistiu a esta pressão. Passou mal na véspera da competição. No dia da prova, seu estômago recusou o café da manhã. Ele não estava bem, mas não podia se dar ao luxo de não nadar. Foi para a água, continuou passando mal durante a prova, mas se superou e acabou ganhando a prova. Chegou menos de um minuto à frente do neozelandês Phillip Rush, depois de mais de 18 horas de nado. É o que podemos chamar uma vitória "na raça", sem sombra de dúvida. No pódio sua exaustão era tamanha que não foi capaz de erguer a taça. Uma fotografia impressionante tirada minutos após a prova mostra um homem que poderia ter o dobro de sua própria idade. Uma curiosidade sobre Phillip Rush, que costumava disputar acirradamente o primeiro lugar com Claudio em Saint Jean: ele é o recordista mundial da travessia tripla do Canal da Mancha. Foi em 1987 e a primeira parte de sua travessia foi recorde mundial masculino (7h55min), a segunda bateu seu próprio recorde da dupla (16h10min). O tempo total (28h21min) ficou mais de dez horas abaixo da marca anterior para o triplo (sim, além dele já houve mais um nadador e uma nadadora suficientemente insanos para tanto). Ao encontrá-lo após a façanha, Claudio Plit perguntou-lhe "que tal o triplo?". Rush respondeu com o gesto de quem dá um tiro na própria têmpora.

Mas, voltando ao Claudio, como uma prova de que é mesmo humano, afinal, o tempo passou também para ele. Deixou de ser competitivo no circuito profissional. Passou por uma fase difícil, ao fim da década de 80, quando teve que escolher entre parar de nadar enquanto estava por cima, ou continuar apesar de já não subir no pódio, aceitando chegar onde chegava. Mesmo dizendo que foi muito duro conhecer as posições mais de trás, o fato é que escolheu continuar nadando e a natação passou a ser seu alimento, como ele próprio diz. Aos trinta anos a natação era a forma de ganhar o pão. Aos quarenta, era o próprio pão, mas o pão do espírito. Paradoxalmente, quando deixou de ganhar acabou recebendo um outro grande prêmio, ao ser capaz de mudar sua perspectiva em relação ao esporte. A partir de 1974, quando ganhou sua primeira maratona importante, até por volta de 1988, Claudio nadava em busca da vitória, e estava tremendamente focado. Quando começou a perder competitividade, foi doloroso o processo de aceitação da derrota, mas, uma vez superado, veio o período de "desfrutar" verdadeiramente a natação. Sem a enorme pressão a que sempre estão submetidos os campeões, podendo conversar, interagir, sair da "bolha" em que tinha que estar para não perder a concentração e a excepcional condição física, pôde divertir-se e enriquecer-se de outra forma, antes desconhecida, talvez sequer imaginada. Nessa vivência Claudio acabou chegando a uma visão do esporte competitivo que o aproximou da filosofia taoísta – vitória e derrota como duas faces de uma mesma moeda, opostos que se completam.

Seu lado "médico" nunca morreu de todo. Continuou interessado por fisiologia desportiva e pela capacidade curativa da atividade esportiva. E fascinado pela relação corpo-mente, especialmente em busca da compreensão da motivação humana e das relações existentes entre as emoções e o corpo físico. Considera-se um privilegiado porque pôde continuar trabalhando com natação, hoje tem sua piscina, dá aulas, compartilha o que aprendeu e ajuda as pessoas a se curarem através da água. "Nadar é como voar. Deixar que a mente se liberte, flutue para qualquer lado. É lindo nadar e imaginar-se, ou perceber-se nada, porque nada somos e nadamos. É mais poesia porque as palavras não explicam nada. Para mim, ter nadado tantas maratonas foi como produzir a melhor tela para um artista, ou as melhores canções para um poeta, foi um ato de paixão, onde coloquei muita energia, convicção, entrega".

Era um enorme privilégio tê-lo ali ao meu lado. Foi ele quem me ajudou a perceber com clareza que nadar era uma busca de crescimento e de autoconhecimento, em primeiro lugar. Ou melhor, a vida se traduz nessa busca. Nadar é o meio, a ferramenta, que nós, nadadores de longa distância, escolhemos. A cada prova nos vemos bem diante de nossos limites e, especialmente nos momentos de maior fraqueza, nos descobrimos. Então, a cada limiar superado, nos fortalecemos. Queremos alargar nossos horizontes, chegar mais longe. Não buscamos ir além de nossos limites, como muita gente pensa, mas sim empurrá-los um bocadinho, que é o jeito que temos de poder estar onde antes não nos seria permitido, sem exagerar no risco. Quem supera o próprio limite exagera no risco: esquece de preparar-se, empurrando as barreiras, antes de visitar o desconhecido que fascina.

7.

No esporte, as barreiras são tenazmente empurradas, a cada dia de treino, em busca de uma performance melhor que a anterior. E parece que temos aí uma excelente metáfora para a busca espiritual própria do ser humano. A natação de longa distância talvez seja um dos esportes mais próprios para quem se entrega a esse tipo de aventura, porque trabalha os limites da exaustão e da solidão. Além disso, Claudio diz que nadar longa distância é uma forma de meditação e eu já tive a chance de perceber que é verdade e estou perfeitamente de acordo com ele. As horas vão passando, milhares de braçadas, splash, splash, como um mantra, uma após outra, num ritmo perfeito, mergulhados numa imensidão de energia, o estado de consciência se altera, é uma forma de oração. Saímos da água elevados, depois de estar por longas horas em nossa própria companhia, num encontro com nosso centro de silêncio. E o verdadeiro objetivo, aquele que de fato compensa, é sempre nos tornarmos melhores pessoas, mais do que melhores nadadores.

Durante a interminável espera, conversávamos longamente sobre estas coisas, sentados na praia de pedra, olhando o mar. Acredito que muitos dos nadadores que falham ao tentar atravessar o Canal da Mancha sejam derrotados pela espera. A falta de uma data marcada soma uma boa dose de ansiedade para qualquer prova. Sem saber exatamente para que dia devemos nos preparar, temos que imaginar uma. Eu era a terceira nadadora do primeiro ciclo de maré favorável de setembro, entre os dias 6 e 12, na lista de reservas do Brickell. No primeiro dia desse período que tivesse previsão de tempo bom, sem ventos muito fortes, um nadador japonês faria sua tentativa. No segundo dia, Gustavo Oriozavalla, um argentino que também tinha o Claudio como treinador. O japonês de fato nadou, sem sucesso, no dia 6. A partir daí uma verdadeira tormenta resolveu estacionar naquela região do Canal. Os ventos eram fortíssimos, mesmo nossos treinos na prainha ao lado do porto às vezes davam medo. Os dias iam passando e nada do tempo melhorar.

Amanheceu o dia 12 de setembro e tudo indicava que tanto eu como o Gustavo teríamos que escolher entre voltar para casa antes do desafio começar de fato e esperar a "nip tide" seguinte, com a certeza de água mais fria e a dúvida se realmente a oportunidade viria, ainda que tarde. Então o Brickell veio dizer da "janela". Estava previsto para aquela noite um período de calmaria, que poderia ser aproveitado para uma travessia. Acontece que haveria o risco de que o fim da calmaria interrompesse a prova, digamos, a um quilômetro do final. Ou a qualquer tempo... O piloto do barco deixou bem claro: não colocaria sua embarcação em risco. Claro que ninguém ali estava querendo que ele o fizesse, pois estariam todos justamente dependendo da mesma embarcação. Mas parece que a experiência do piloto lhe dizia que deveria deixar bem avisado, porque nenhum nadador estaria realmente disposto a abandonar uma prova como aquela a 15 minutos do fim por causa da aproximação de um mau tempo.

A confirmação da "janela" viria apenas no fim do dia. Claudio e Gustavo passaram a tarde considerando se valeria à pena arriscar. A calmaria deveria durar pouco mais de 12 horas, suficiente apenas para uma travessia rápida (como deveria ser o caso, pois o nadador era bom) e o retorno à Inglaterra. Resolveram que sim, arriscariam. Gustavo argumentou que de todo jeito não poderia ficar esperando pela próxima maré, portanto era aquela chance ou nenhuma. Às seis horas, num telefonema, Claudio confirmou com Brickell que a previsão era de uma noite de tempo bom, afinal. Tudo acertado, combinaram encontrar-se às oito no porto. Dali duas horas! E seria uma prova todinha nadada no escuro!

Acabaram de ajeitar tudo bem rápido. O João Baptista, que estava lá à espera da minha travessia, ofereceu-se para ajudar no apoio e o Claudio aceitou imediatamente. Acompanhar um nadador é trabalho esgotante. Gustavo tinha levado um assessor de imprensa, mas ele deveria ficar mais concentrado na filmagem. O João poderia ajudar com a alimentação e a comunicação. Além disso, ele já tinha experiência, pois tinha acompanhado tanto a minha tentativa quanto a do Igor de Souza, no ano anterior. As duas tinham sido frustradas, mas, como acompanhante, o João já estava bem credenciado, pois tinha visto o Canal furioso e uma nadadora desistente de pavor, saindo da água antes do necessário, e um nadador no limite do esgotamento, sendo "resgatado" em hipotermia.

Quando todos saíram e me vi sozinha no hotel, caiu a ficha. O Canal tinha me negado a chance de enfrentá-lo daquela vez. Se quisesse, teria que esperar até, pelo menos, o dia 22.

O João não poderia ficar, o que seria uma tremenda baixa no moral, sem contar a dificuldade que o Claudio enfrentaria sozinho no apoio. Além disso, haveria o risco de ficar lá e também não poder atravessar dali dez dias. O semestre no curso de Administração da FAAP, melhor esquecer. E o mais grave: toda a minha preparação tinha sido feita pensando na travessia naquela semana. Eu já estava havia duas semanas praticamente sem treino, só descansando e me adaptando à água fria. Mais dez dias poderia ser demais, arruinando um ano inteiro de treinamento. O desespero começou a querer tomar conta do que deveria ser uma espera. E só espera quem tem esperança, certo?

Ao amanhecer eles retornaram e, quase junto com eles, o vento. Gustavo estava radiante. Tinha nadado uma bela prova, em 8h59min, sempre acompanhado pelo escuro da noite. Ficou a apenas um minuto do recorde latino-americano, que era do Claudio. A "janela", apesar da noite, tinha se provado uma oportunidade perfeita, pois não houve nada de vento e, durante toda a prova, o mar esteve muito mais calmo do que de costume, praticamente sem ondas. O João tinha sido uma ajuda inestimável, pois o assessor do Gustavo passou mal durante toda a travessia e não pôde nem registrar, muito menos participar do apoio. Eu me sentia contente com o sucesso de um amigo, mas ao mesmo tempo desanimada com minha própria perspectiva.

Os dez dias que se seguiram foram terríveis. Eu costumava nadar um pouquinho pela manhã e de novo à tarde, mas nem sempre tinha energia. Às vezes chegava à praia, olhava o mar agitado, lembrava como a água estava cada vez mais fria, imaginava que talvez tivesse que voltar ao Brasil sem nadar e começava a chorar como uma criança. Nessas horas o Claudio dizia: "Ana, quando tudo passa a gente se esquece, tudo isso vai passar". Então, ele compartilhava comigo suas próprias experiências e me encorajava.

23 de setembro de 1993

Claudio nadou comigo por um tempo. Quando saiu da água eu já me sentia muito melhor. Não estava tão frio assim. Afinal, eu tinha esperado tanto e agora estava ali, a caminho da França. O frio estava fora, não havia dúvida. Nunca, como naquele momento, foi tão fácil compreender esta frase aparentemente absurda que o Claudio repetia sempre. De repente tudo era claro: a água continuava tão fria quanto antes, mas eu já não sentia frio. Havia vento agora e o mar começava a agitar-se, mas eu estava nadando confortavelmente e as ondas não atrapalhavam meu ritmo, pareciam antes incorporá-lo. Foi então que, ao parar para a alimentação, ouvi o Claudio me dizer: "Ana, estás volando!" O vento estava a favor, eu estava gorda, portanto flutuava muito. Tudo isso somado ao fato de que eu me sentia bem resultava num progresso razoavelmente rápido, para uma travessia em menos de dez horas, segundo os cálculos do Claudio.

Era cedo demais para um cálculo dessa natureza. Considerando a volatilidade do humor daquelas águas, o cenário ainda poderia mudar várias vezes antes que eu chegasse do outro lado. Depois da prova eu soube que o Brickell discordou veementemente do Claudio a essa altura da prova. O Claudio dizia, muito animado, que eu ia completar abaixo de dez horas, ao que o Brickell retrucava: talvez onze. As correntes estão muito fortes, talvez doze. Eu não fui informada da discordância, fiquei entusiasmada, mas não queria me animar demais, com medo de uma decepção muito grande. Ou talvez simplesmente não pudesse acreditar na possibilidade de baixar as dez horas por saber que esta seria uma marca para uma nadadora de verdade, e eu não me considerava como tal.

8.

Em julho de 1992, havia pouco mais de um ano, eu tinha nadado uma prova que poderia muito bem ter me convencido de que eu já poderia me chamar nadadora, afinal. Foi a Copa do Mundo de Natação de Longa Distância. Só duas nadadoras representariam o Brasil. As duas classificadas na seletiva foram a Ana Maria Vidal, do Paulistano, e a Christiane Fanzeres, do Flamengo. Eu fiquei em terceiro, mas acabei com a vaga da Ana Maria, que não quis nem pensar em nadar uma prova de 25 km no Lac Saint Jean, onde a água é sempre muito fria. Achei ótimo, pois teria uma segunda oportunidade de nadar em água fria antes do Canal da Mancha, já que minha tentativa estava marcada para setembro.

Com a convocação para o mundial, em abril, resolvi largar o cursinho. No fim do ano anterior eu tinha me formado na Educação Física e prestado Administração de Empresas na USP, mas não passei. Resolvi fazer um ano de cursinho, estava decidida a cursar USP ou GV. Mas minha decisão acabou atropelada pela convocação. Eu estava treinando bem, mas a rotina estava uma loucura. Treinava em São Bernardo do Campo com o Igor. Acordava às 4h15, ia para São Bernardo treinar. Chegava direto no cursinho às sete, assistia aula até a uma. Ia para casa, almoçava e às três tinha que sair para o treino de novo. Chegava outra vez em casa lá pelas sete da noite. O problema era que naquele ritmo de vida eu não conseguia engordar nada. Se antes eu pensava aproveitar as férias de julho para ganhar peso (e proteção contra o frio), agora precisava fazê-lo antes disso. Acabei decidindo deixar o cursinho para lá.

Quando cheguei ao Canadá, estava achando tudo lindo. Minha primeira prova internacional! Encontrei o Igor e a Christiane em Montreal, alugamos um carro e fomos juntos para Roberval. Foi aí que me senti totalmente fora do contexto. Aquilo que chamamos um peixe fora d'água, apenas a água estava ali. Só havia nadadores muito experientes por lá. As conversas eram assim: "você lembra, em 89, aqui em Saint Jean? Aquela Capri-Nápoles quando o fulano passou mal? Há três anos a Santa Fé-Coronda, que prova!". Eu ia ouvindo e pensava comigo: mas eles não fazem ideia do que aconteceu em Rifaina no ano passado!

O Claudio foi me apresentando às pessoas, sempre dizendo: esta é uma nadadora brasileira que deseja atravessar o Canal da Mancha. Eu não era tão nadadora assim. Aquela era minha primeira prova internacional. Todos ficavam perplexos, tentando entender porque eu queria começar pelo mais difícil, pois o Canal é considerado o "Himalaia" dos nadadores. O Claudio vinha em meu socorro dizendo que eu já tinha feito um treino de oito horas em água fria, que tinha nadado bem e que teria condições de nadar o Canal e a prova de dali a dois dias. Na minha cabeça a resposta era outra e muito clara: o Canal da Mancha é um desafio solo. Não há tempo limite para terminar a prova, muito menos seletiva. Vários nadadores apenas medianos já o cruzaram. Não é preciso nadar rápido, basta ter muita resistência. Quando voltei a nadar, estabeleci este desafio porque achei que não poderia sequer sonhar com uma competição internacional. E, mesmo agora que eu estava lá, achava que talvez não devesse ter ido. Estava morrendo de medo de não poder completar a prova por não chegar dentro do tempo limite. Meu desafio era chegar menos de duas horas (!) depois da Sheley Taylor, que certamente venceria, pois era absoluta. É muito tempo, mas podia muito bem não ser suficiente. Um dos "causos" mais repetidos nas rodinhas por ali contava sobre a prova de Atlantic City no ano anterior: Sheley chegou em primeiro, na classificação geral, e teria aberto uma latinha de cerveja. O Diego Degano, campeão mundial, chegou em segundo e desmaiou de exaustão.

Meu primeiro problema prático era arranjar alguém para me acompanhar. As provas masculina e feminina seriam realizadas em dias separados, ao contrário do que costuma acontecer no campeonato mundial. Mas como a feminina seria antes, nem o Igor nem o Claudio poderiam me acompanhar, pois precisavam descansar para nadar no dia seguinte. A Maru, mulher do Claudio, naturalmente iria acompanhá-lo, mas se ofereceu para me acompanhar também. Ela ficaria esgotada, seriam duas maratonas em dois dias, mas eu estaria muitíssimo bem acompanhada. Na verdade, acho que mesmo que eu pudesse bancar uma equipe de apoio completa para cada prova, jamais conseguiria uma técnica melhor e mais experiente que a Maru, que havia vinte anos acompanhava o Claudio nas provas ao redor do mundo.

Acordamos no dia seguinte e era preciso treinar. Fomos para o lago. Depois de nadar não mais de quinze minutos, saí da água congelando e convencida de que não seria capaz de nadar vinte e cinco quilômetros ali. Claudio tentou argumentar que a água não estava muito mais fria do que a que eu tinha enfrentado em Mar Del Plata, mas para mim estava. A diferença entre os dezessete graus de então e os quinze de agora me parecia ser exatamente a diferença entre o possível e o impossível, mas eu não disse isso a ele. E procurei me convencer do contrário também. Não era fácil, havia poucos nadadores que pareciam à vontade. O fato era que a água estava realmente fria.

Findo o treino, fomos, brasileiros e argentinos, visitar uns amigos do Claudio. Fiquei muito impressionada com o que vi. Cartazes imensos pendurados em cada poste da cidade traziam uma foto dele na chegada de alguma das muitas edições da Traverseé que venceu, braço estendido, indicador mostrando que ele era o número um. Na pequena Roberval, a travessia é um grande acontecimento. Há até um museu da prova, onde Claudio é o principal personagem. Para ele parece tudo normal. Não parece se sentir mais que os outros, certamente não faz ninguém se sentir menos. Ao contrário, sempre o vemos valorizando o que cada um tem de melhor. Se ele é o melhor nadador de longa distância da história, faz questão de que esteja claro: nadar está longe de ser tudo. E se sua vivência for capaz de enriquecer a existência de outros, está sempre pronto a compartilhá-la.

À tarde alguns nadadores foram treinar de novo, mas eu resolvi ficar descansando. Estava super ansiosa. Tentei um relaxamento, mas não diria que resolveu. Tudo o que eu queria era nadar a prova até o fim. Seria muito? Nada pode ser mais relativo. Parecia muito para mim, mas para a maioria das nadadoras que cairiam na água comigo no dia seguinte, talvez nem pudesse ser considerado um desafio digno desse nome. Minha companheira de quarto, no entanto, que era a Christiane Fanzeres, estava um bocado assustada também. Ela era experiente, mas nunca tinha nadado numa água tão fria.

Descemos para jantar. Gosto da expressão inglesa para o que eu estava sentindo: "to have buterflyes in your stomach". Pois eu tinha tantas borboletas no estômago que não havia muito espaço para comida. Tinha que comer, mesmo assim. Do restaurante do hotel se via o lago e ele me parecia um pouco assustador. Alguém disse que a previsão de tempo para o dia seguinte não era muito animadora. Aquilo não me parecia fazer grande diferença. Com a água naquela temperatura, uma chuvinha não pioraria muito as coisas. Mas eu não tinha ideia do que estava por vir.

No dia seguinte, quando acordamos, a Chris foi até a janela, abriu a cortina e disse: gente, dá uma olhada naquele lago! O Igor fez piada, tirou uma da nossa cara. Aquilo não era com ele, afinal. Sua prova seria no dia seguinte. Mas eu nem quis olhar muito. Era dia, certamente, mas não seria exato dizer que era dia claro. O céu estava cinza escuro, densamente escuro. Chovia, ventava muito e o lago tinha milhares de cristas brancas que se movimentavam em todas as direções, totalmente desordenadas.

Descemos para o café da manhã e, quando eu disse para o Claudio que estava assustada ele, longe de me tranquilizar, dessa vez disse: "Ana, todas estão assustadas, olha para a Shelley". Olhei. E de fato ela me pareceu apavorada. Santo Deus, o que é que eu estava fazendo ali?! Bem, pensando melhor, eu queria atravessar a Mancha, não queria? Por menos nadadora que fosse, não poderia me assustar tão fácil. Pelo que tinha ouvido contar do Canal, ele podia ser um cenário bem pior do que aquele. Não podia? Talvez pudesse, mas eu estava assustada, mesmo assim. E consequentemente pensando que talvez fosse melhor desistir do Canal logo de uma vez.

Subimos, arrumamos nossas coisas, voltamos a descer. Nos levaram para o local da prova, onde seria a saída e também a chegada, pois sendo uma prova menor do que a travessia do lago, a organização preferiu fazer um circuito. Fazia frio, o vento era cortante, apesar de ser verão. E se alguém disse que há no Canadá algo digno de se chamar verão, não pode ter sido um brasileiro. Estava todo mundo super bem agasalhado, o que me fez lembrar de quando eu ia treinar de madrugada, no inverno, ainda no Rio Pardo F. C. A piscina não tinha nenhum aquecimento e era até por isso que precisávamos treinar de madrugada. Com a água muito fria, não aguentávamos nadar muito tempo, não dava volume de treinamento sem dobrar período. Eu acordava às 4h20min e minha mãe já estava na cozinha. Por mais que eu dissesse a ela que ficasse dormindo, pois havia café da manhã depois do treino e todos comiam pão com manteiga, ela insistia em acordar e fazer um sanduíche de omelete. Houve dias em que, a caminho da cidade, eu ia olhando pela janela da velha veraneio azul marinho e estava tudo branquinho de geada lá fora. Tentava não pensar em como estaria a piscina. A gente ficava sem coragem de tirar o roupão e entrar na água, mas o Agenor, bem encapotado, nos garantia que frio era psicológico, arrancava nosso roupão e empurrava os que não pulassem sozinhos. Eu ficava indignada. Se é psicológico, pelo menos tira os casacos, cara de pau! Naquele dia foi uma lembrança divertida, seria engraçado ver o Agenor mandando um bando de adolescentes – inclusive eu cinco anos mais nova – pular naquele lago.

    Passei filtro solar, nem sei para quê. Deve ter sido esperança. Vi que a Shelley e algumas outras nadadoras estavam passando uma grossa camada de lanolina. Tudo o que eu tinha ali era um potinho de vaselina, suficiente para proteger as axilas e o pescoço do atrito repetido a cada braçada, coisa que sempre usamos, independentemente da temperatura da água. Não dá para dispensar a vaselina nas provas longas sob pena de terminar de nadar com esfolados horríveis. Cinco minutos antes das nove, hora marcada para a largada, todas as nadadoras deveriam, obrigatoriamente, cair na água e tomar posição. Antes de qualquer atividade física, todo mundo deve fazer um aquecimento, certo? Pois, por algum motivo, eles resolveram que a gente deveria fazer um "esfriamento". Quando o tiro soou, pontualissimamente às nove horas – seja dado à organização o crédito que ela merece –, eu já estava tremendo.

 Éramos treze nadadoras. Fiquei na dúvida se seria capaz de nadar, não os vinte e cinco quilômetros, mas a distância que nos separava dos barcos, onde eu encontraria a Maru. Sentia tanto frio que mal conseguia coordenar as braçadas. Fui nadando muito devagar, vendo como se afastavam muito rápido as primeiras colocadas e tive certeza de que não conseguiria chegar no tempo limite. Um pensamento tremendamente desmotivante, pois poderia me acontecer de nadar horas e horas para ser desclassificada um pouquinho antes do final. Mas alguns minutos depois eu tinha a Maru ao meu lado e me senti um tanto aliviada. Continuar nadando. Eu precisava continuar nadando.

 A ida até a primeira bóia tinha 3,5 km. Mas não chegava nunca. O vento estava contra. As ondas eram picadas e totalmente desordenadas. Impossível pegar um ritmo. Nunca engoli tanta água. Água doce movida é pior do que mar, porque a gente flutua menos, tropeça mais nas ondas, não consegue dar cadência às braçadas. Acho que eu tinha nadado uns quarenta minutos quando, de novo, achei que não ia dar. Estava tremendo incontrolavelmente, a impressão que eu tinha era que a bóia estava exatamente à mesma distância que quinze minutos antes, parecia que eu simplesmente não saía do lugar. Disse à Maru: não posso, não vai dar, não saio do lugar, estou engolindo muita água! Ela respondeu: Ana, está difícil para todas. Você pode, vou te dar o chá a cada quinze minutos. Resolvi continuar nadando mais um pouco, mesmo que pensasse estar simplesmente com vontade de me deixar enganar por um incentivo descabido. Mas dali a pouco, ou depois de um tempo que por alguma razão não me pareceu tão longo, a bóia chegou e vi que, ainda que devagar, estava avançando. Segui nadando, um tanto mais motivada.

Da primeira até a segunda bóia, eram 12,5 km. Pela dificuldade que eu tinha tido em nadar os primeiros três e meio, já estava esperando levar o dia inteiro para chegar lá. Fui nadando sem pensar em chegar, nadando apenas, o que foi muito bom para me fazer parar de brigar tanto com a água. Eu continuava nadando devagar, com muita dificuldade, mas o tempo passou mais rápido e antes que eu pudesse pensar em abandonar a prova mais uma vez, lá estava ela. Agora eu já tinha nadado mais da metade, não podia mais abandonar. Só se eu fosse mesmo desclassificada. Não fui.

Quando cheguei, levaram-me primeiro ao pódio saudar o público que, embora eu tivesse sido a última a chegar, aplaudiu muito. Meu corpo estava frio e eu não conseguia parar de tremer. Estava louca para tomar algo bem quente, mas me informaram que eu tinha sido sorteada para o antidoping, por isso não podia tomar nada antes de recolher a amostra de urina para o exame. Na enfermaria me cobriram com cobertor elétrico, colocaram toalhas úmidas quentes em cima de mim, mas não havia o que me fizesse parar de tremer. E, enquanto eu estava ali, chacoalhando tudo ao meu redor, apareceu a Shelley e disse: *"Congratulations, Ana! After this, the Channel will be no problem for you*". Era a melhor nadadora do mundo dizendo que depois do que eu tinha acabado de fazer o Canal não seria difícil!

Acontece que, lá pelo fim da prova eu tinha perguntado para a Maru quem tinha ganhado a prova e ela tinha dito que a Shelley vencera. Acho que ela respondeu meio automaticamente, deu a resposta mais óbvia, simplesmente. Então, quando a Shelley veio me parabenizar, eu dei os parabéns também, pela vitória. Porém a campeã da prova tinha sido a Karen Burton. A Shelley tinha abandonado em hipotermia. Foi a primeira vez em toda a sua carreira que ela não terminou uma maratona. Quase morri de vergonha quando o Claudio me contou. Foi uma tremenda gafe, mas que culpa tenho eu se ela ganhava tantas provas que ninguém esperava que o resultado fosse outro?

A verdade é que, apesar da vergonha que eu passei, houve algo muito significativo ali. Eu tinha voltado a treinar para atravessar o Canal da Mancha. Caí de paraquedas numa copa do mundo que não era para ser tão grande coisa, e que acabou se mostrando uma prova ainda mais difícil. Mais, acabei recebendo os parabéns de alguém que já tinha nadado (e vencido) tantas travessias que eu nem podia imaginar, inclusive aquela com a qual eu sonhava. Na prática, eu a tinha vencido, como o Claudio fazia questão de salientar a cada vez que eu dizia que não era nadadora.

Além da Shelley, outras seis nadadoras não conseguiram completar aquela prova, incluindo a Anita Sood, uma nadadora indiana que também já tinha atravessado o Canal e era detentora do sexto melhor tempo da história para a travessia. Ou seja, no início da prova éramos treze nadadoras e mais da metade não conseguiu chegar ao final. A ironia foi ver que, mesmo com a declaração simpática e sincera da campeã mundial, o Canal da Mancha esteve muito longe de ser "fácil" para mim naquele ano. Simplesmente não o pude vencer, por isso, lá estava de volta. Tudo isso mostra que a natação de longa distância tem pelo menos uma coisa em comum com o futebol: ser uma caixinha de surpresas.

Numa prova tão difícil, o Brasil fez bonito, tendo sido o único país com duas nadadoras completando a prova. A Chris chegou em 5º. lugar, seis minutos à minha frente. Aparentemente, ela chegou muito mais inteira do que eu. Parou de tremer mais depressa e muito rápido já estava brincando com todo mundo, como de costume. Mas, para saber mesmo quanto lhe custou nadar aquela prova, acho que só perguntando a ela.

Na prova masculina, no dia seguinte, o tempo melhorou e o lago não esteve tão furioso. Foi naquele dia que eu tive a chance de sentir na carne quão dura é vida dos acompanhantes, dando assistência ao Igor. Claro que, com o tempo bom, eu não passei por nada sequer parecido com o que passou a Maru me acompanhando no dia anterior, com chuva, toda molhada, chacoalhando por oito horas num botinho minúsculo, onde não havia sequer espaço para esticar as pernas. Ainda assim, não foi nada fácil não.

O Igor começou nadando muito bem, num ritmo bastante forte. Eu ia animada no barco, fazendo tudo como ele tinha me pedido, ou pelo menos me esforçando para isso. Alimentação a cada quinze minutos. Na lousa, informava sempre quem ia à frente, quem ia atrás, se distanciava ou aproximava, a quantas braçadas por minuto ele ia nadando. Estava achando tudo até divertido, mas, lá pelas cinco horas de nado, o ritmo dele começou a cair rapidamente. No início achei que ele estivesse simplesmente cansado, o que não faria nenhum sentido, porque ele já tinha nadado centenas de maratonas e não cometeria o erro básico de sair rápido demais e "morrer" no meio do caminho. Logo percebi que ele estava ficando com frio.

    À medida que a prova ia ficando mais e mais penosa para ele, ficava também para mim. No começo eu tentei animá-lo como pude, esperando que ele simplesmente superasse o mau momento. O condutor do barco me parecia achar que a prova estava terminando ali. Talvez ele já tivesse visto aquilo acontecer com um monte de nadadores naquele lago. Para mim era a primeira vez. O tempo começou a passar cada vez mais arrastado, assim como se arrastavam as braçadas do Igor. O ritmo de braçadas caiu vertiginosamente. A certa altura percebi que ele já nem olhava para as informações que eu escrevia na lousa. Depois, quando faltava mais ou menos um quilômetro para o fim da prova, notei que ele tinha perdido a coordenação mão boca e já não se alimentava. Tudo o que eu lhe dava ia para a água. Tentei falar com ele, mas não obtive qualquer resposta inteligível. Fiquei apavorada! Coloquei o colete salva-vida e fiquei pronta para cair na água, ao mesmo tempo que tentava avisar o barco de socorro, que finalmente se aproximou. Àquela altura ele já estava entrando na área balizada dos últimos quinhentos metros de prova. Ninguém teve coragem de tirá-lo da água, todo mundo ficou acompanhando, quase sem respirar, sua chegada, simultaneamente ao fim da prova e ao limite do que um homem pode suportar. Após tocar a placa de chegada ele ainda foi capaz de nadar até a escada, mas não de subi-la. Levaram-no dali de maca para o trailer enfermaria, enquanto o barco me deixava do outro lado do píer, fora do balizamento.

    Cheguei à enfermaria e não quiseram me deixar entrar, o que apenas aumentou minha aflição. Dali a alguns minutos o Claudio veio me tranquilizar. O Igor de fato estava em severa hipotermia, tinha 30°C de temperatura corporal, mas logo estaria bem. Precisaram dar soro morno na veia para ajudá-lo a recuperar o calor. Quando ele começou a tremer novamente, todos se acalmaram, pois seu corpo já estava reagindo.

Existe algo mais ou menos inexplicável no mecanismo que leva o corpo de um atleta a esfriar bruscamente durante uma travessia em água fria. Ou, diriam alguns médicos, existe algo de inexplicável que permite que o corpo de alguns nadadores não esfrie após tantas horas nadando em águas tão frias. O fato é que, apenas duas semanas após a realização da Copa do Mundo no Lac Saint Jean, houve a tradicional Traverseé du Lac Saint Jean, prova de 40 km. Tanto a Shelley quanto o Igor nadaram a prova sem problemas, mesmo tão pouco tempo depois de terem sofrido severas hipotermias, com todas as consequências de esgotamento físico e psicológico que podem ser geradas pelo que eles passaram. A Shelley, inclusive, venceu a prova, embora "apenas" entre as mulheres. No entanto, entre a Copa do Mundo e a Traverseé, ela ainda teve tempo para vencer no geral, pelo segundo ano consecutivo, a travessia de Atlantic City.

A primeira conclusão evidente é que boa forma física não basta. O "algo inexplicável" provavelmente esteja relacionado ao estado emocional do nadador no dia da prova. Alguns atletas parecem ser especialmente capazes de controlar os efeitos dos inevitáveis altos e baixos emocionais em suas performances. Também é interessante perceber como pode acontecer de algo que aparentemente deveria resultar numa "baixa", com efeitos devastadores sobre o desempenho, ter o efeito contrário. E vice-versa. Mesmo assim, não se pode prever que aconteça sempre o contrário do que se poderia esperar. Ou seja, não há nenhuma lógica. O que, de certa forma, é lógico, pois se houvesse lógica, deixaria de ser inexplicável.

23 de setembro de 1993

Agora o Claudio estava achando que eu podia completar a travessia em menos de dez horas, enquanto eu não me considerava nadadora para tanto, apesar de ser inegável que tudo parecia estar a meu favor. Só que nunca deve ter havido uma travessia do Canal com tudo a favor. A minha não seria exceção. Bem na hora em que eu começava a pensar que aquilo estava fácil demais, elas apareceram. Eram milhares. Para quem assistiu ao desenho animado Procurando Nemo, a hora em que o Marlim e a Dori se veem nadando em meio a um sem-fim de águas vivas dá bem uma noção daquilo que eu estava passando, sem nenhum exagero. O efeito sobre o meu nado foi exatamente o esperado: devastador. Assim que me vi num mar de águas vivas, comecei a nadar 'marinheiro'. Meus pés e o antebraço começaram a arder, mas o resto do corpo estava protegido pela graxa. Eu não queria colocar a cabeça na água não por causa das queimaduras – a gente procura deixar o rosto bem limpo porque graxa nos óculos é um desastre – e sim por medo de engolir uma. Se as queimaduras de água-viva não são perigosas, no estômago elas podem provocar um tremendo estrago. Mas nadar com a cabeça fora d'água cansa muito e rende pouco e aquele mar gelatinoso parecia não ter fim. De toda forma, embora eu não esperasse que fosse daquele jeito – ainda não havia Procurando Nemo e eu nunca tinha visto nada sequer parecido – sabia que ia encontrar as águas-vivas no meio do caminho, todo mundo sabe. Eu estava justamente nessa situação quando Ray Brickell saiu da cabine do barco para anunciar: "just in the midle".

O anúncio de que eu estava bem no meio do Canal me trouxe o Nuno Cobra de volta à cabeça.

9.

Eu conhecia o Nuno havia apenas dois meses e ele já tinha tido tempo de transformar, de alguma forma, meu modo de encarar certas situações. Entre elas esta, de estar no meio do caminho. Para ele, a questão era muito simples: bastava trocar o ainda pelo só, imaginar que a partir do meio eu estava nadando morro abaixo e pronto. Deveria ser fácil, portanto.

Era a nossa primeira conversa, e ele, naturalmente, quis saber primeiro. Contei sobre as maratonas que eu já tinha nadado e sobre a tentativa frustrada do Canal no ano anterior. Quanto foi que você chegou a nadar, ele perguntou. Pouco mais da metade da prova, respondi. E contei como era difícil estar na metade de uma prova muito longa: depois de nadar mais de cinco horas, já estava bastante cansada. E pensar que ainda faltava outro tanto daquele era desanimador. A gente se sente incapaz, acha que não vai dar. A gente imagina o cansaço que está sentindo multiplicado por dois. A matemática não dá conta de algo tão subjetivo, no entanto. Cansaço não se mede em número exato, muito menos pela direta proporção da distância nadada.

Todo o mundo sabe que sentir-se cansado não depende apenas do esforço realizado. Só quem nunca se apaixonou pode ignorar a relatividade da sensação de cansaço. Eu não me esqueço. Parece que a energia da gente não vai acabar nunca. Claro que eu era adolescente. Mas depois de treinar a semana inteira, às vezes também de madrugada, o que implicava levantar às quatro da manhã, acordava de novo de madrugada no sábado, desta vez para estudar, fazia um monte de provas e já saía da escola com aquele frio na barriga: será que ele veio de Sampa? Passava a tarde na maior ansiedade, a noite não chegava nunca, vamos para a Associação, será que ele veio? Ele quase sempre vinha, mas nunca me dava a menor bola. Mesmo assim eu passava a noite tentando um jeito de me aproximar. Durou um ano inteiro isso. Às vezes, entre acordar na madrugada de sábado e ir dormir na madrugada de domingo, passavam-se vinte e quatro horas inteiras, mesmo assim eu não me sentia cansada, nem queria ir embora, desde que ele estivesse por ali. E, se por acaso ele dissesse qualquer coisa que me fizesse pensar que talvez gostasse um pouco de mim, eu chegava em casa, me deitava e o sono não vinha. Porque estava apaixonada.

Voltando à conversa com o Nuno. Para ele parecia ser tudo uma simples questão de perspectiva. Não era ainda falta metade, mas sim só falta metade... Disse-me ainda que, sendo a Terra redonda, bastava eu imaginar que estaria nadando a primeira metade morro acima e a segunda metade morro abaixo, com todo santo ajudando, segundo o dito popular. Conversando, achei isso tudo apenas divertido, muito engraçado. É sempre muito gostoso estar em companhia do Nuno. Curioso foi que, no momento em que o Ray disse que estávamos na metade do caminho, lembrei-me da conversa e me veio a imagem de alguém nadando morro abaixo, como se tal coisa fosse possível. E, de alguma forma que eu não posso explicar, talvez por ter me divertido a lembrança, comecei a nadar melhor e minhas braçadas, que vinham destruídas pelo mar de águas-vivas, começaram a fluir outra vez.

Não sei bem o que faz o Nuno para conseguir estas coisas. Porque você não precisa acreditar que trocar o "ainda" pelo "só" possa fazer alguma diferença, nem levar a sério a história de se imaginar nadando na descida depois da metade. O fato é que você lembrará de cada frase que ele disse no momento exato em que estiver precisando daquilo. E aparentes bobagens se transformarão em ajuda efetiva. Claro que ele também usa métodos um pouco mais ortodoxos para fazer com que seus atletas cheguem lá, na França ou onde for. O excelente condicionamento cardiovascular está no centro de sua metodologia, junto com os exercícios de relaxamento e mentalização.

No fim daquela primeira conversa, ele me disse que eu precisava correr, o que me daria o condicionamento necessário, que seria a base de todo o resto. Detesto correr. Ele me pediu um teste de esforço para saber como eu estava e por onde começar. Havia pouquíssimo tempo, mas já haveria um ganho que seria importante. Marquei o teste, com o doutor Renato Lotufo, lá na Phisys. Estava desanimada porque faria o teste correndo em esteira e todo o meu exercício era feito na água, na horizontal. Considerando a especificidade do treinamento, o resultado poderia não ser dos melhores. Contudo, eu estava em excelente forma, o que ficou evidente mesmo em um teste em esteira. Quando o Nuno pegou o resultado, marcou uma nova conversa. Em vez de me botar para correr disse: você já está preparada, agora vai lá e atravessa aquele Canal! Isso foi muito importante para mim, pois me injetou a confiança que estava faltando.

Não tenho a menor dúvida de que o Nuno foi capaz de perceber que eu precisava mais de confiança do que de resistência cardiovascular, por isso, preferiu não mexer no meu treinamento tão pouco tempo antes da travessia. Foi uma forma dele me dizer que o que eu vinha fazendo estava bom. Claro que ele teria feito um pouco (ou talvez muito) diferente se eu o tivesse procurado antes, mas teve sensibilidade suficiente para perceber que, depois de ter treinado grande parte do tempo sozinha, sem técnico para orientar, o que eu mais precisava era que um Nuno Cobra avalizasse o trabalho que vinha desenvolvendo.

E não era apenas treinar sozinha que estava me deixando insegura. Eu tinha um forte motivo de insegurança, pois o então técnico da seleção brasileira tinha me dito, pouco tempo antes, que com o que eu estava treinando eu jamais atravessaria o Canal. Estava treinando sob sua orientação havia uns três meses e melhorando como nunca. Fui ficando animada, pois percebia que nadava cada vez mais rápido. Treinar com ele era uma loucura: num treino, quase 3 km só de perna. Num outro, uma carga impensável de golfinho, coisas como nadar uma série de dez de 400m, alternando um golfinho outro crawl. A carga era pesada, e o resultado aparecia de forma impressionante. Eu sempre tive boa resistência, mas agora começava a adquirir um ritmo mais forte. Comecei, pela primeira vez, a pensar de fato em encarar algumas provas como competições mesmo, imaginando que poderia nadar rápido o suficiente para nadar "peleando", como dizia o Claudio, sempre observando que eu nunca o fazia.

O problema foi que cheguei para treinar numa segunda feira, depois de uma prova em que tinha nadado especialmente bem e, muito animada, fui contar para o técnico como tinha sido e disse que estava começando a pensar em treinar para ganhar de algumas nadadoras realmente boas. Ele me disse que eu fosse com calma, que não era para tanto e que, inclusive, com o que eu estava treinando eu nunca seria capaz de atravessar o Canal da Mancha. Quando eu argumentei que já tinha nadado várias provas muito longas, inclusive uma de dez horas e meia e sempre tinha chegado bem inteira, ele disse que na verdade eu tinha dez por cento de chance de chegar bem e cheguei por sorte. Não fazia sentido, ninguém tem tanta sorte assim, mas foi um tremendo balde de água fria. Mesmo não tendo certeza se ele estava tentando – de um jeito meio estranho – me motivar a treinar ainda mais e mais forte ou se ele de fato duvidava de que eu seria capaz, deixei de treinar sob sua orientação. Para mim era simplesmente impossível ter um técnico que não me acreditasse capaz de atingir o objetivo do treinamento. Por mais que eu tivesse consciência de que o programa estava me fazendo melhorar como nunca, tudo o que eu não precisava era acrescentar mais insegurança à minha insegurança natural.

Então voltei a treinar sozinha, contando de novo com o apoio do Luiz Gandolfo, fazendo os treinos do pessoal do triatlhon, para complementar o que eu nadava por minha conta e ter companhia. Era um bom apoio, mas com eles eu apenas treinava um terço do volume total, o que era compreensível, já que além de natação ainda tinham que treinar corrida e ciclismo. E eu estava muito desanimada e com a autoconfiança mais abalada do que nunca. Quando nadava sozinha não tinha de jeito nenhum o pique da época em que estava com a equipe do Pinheiros.

Foi quando a Simone Caldeira, minha prima, me encontrou na fazenda num fim de semana, naquele desânimo arrebatador, e me disse para ligar para o Nuno. Minha primeira reação foi rir. Eu, ligar para o Nuno Cobra! O que será que a fazia pensar que ele me atenderia, o preparador do Ayrton Senna? Ora, ela o conhecia, por isso pensava que ele me atenderia, pelo desafio. Por que era difícil. Disse-me: "Ana, ele treinou a Tati. Vou pegar o telefone dele com ela, você liga, deixa um recado, conta tudo o que você tem feito e o que está querendo fazer, ele vai retornar."

A Tatiana, irmã da Simone, era tenista e tinha sido atleta do Nuno. Talvez ele não tenha me ligado por causa da história toda que contei para a secretária, e sim porque gosta demais dela. Não importa, o que vale é que ele me retornou. Foi uma grande alegria seguida de uma certa decepção porque ele estava indo para a Europa no dia seguinte acompanhar algumas corridas do Senna e voltaria apenas no meio de julho. Combinamos que ele me ligaria de novo quando voltasse, mas, como lição de casa, ele me pediu que fizesse relaxamento todos os dias e me disse como fazer. Na verdade, em teoria eu já até sabia porque tinha assistido a uma palestra dele uma vez, na faculdade de Educação Física. Fui tentando o relaxamento e treinando bem mais animada, enquanto esperava ele voltar.

Quando chegou, me telefonou e marcou uma entrevista. Ouviu muito. Eu queria falar de natação, mas ele queria saber da minha família, do meu cotidiano, dos meus hábitos, dos meus amores. Claro que ele também ouviu a história de todas as provas que eu tinha nadado até então, da Copa do Mundo no Lac Saint Jean à Hernandárias-Paraná, de Ubatuba à Panorama. Para treinamento mesmo, ele reservou apenas os dois minutos finais: O Wagner vai te ligar, você vai fazer um teste de esforço, então nós vemos como você está para começar o trabalho cardiovascular. E quando, depois do teste, ele se recusou a mexer no meu treinamento e disse que eu já estava preparada, me deu um atestado de confiança perfeito.

Alguém, enfim, acreditava que eu seria capaz e não era qualquer alguém. Era o Nuno Cobra.

O Nuno ensina a quem quiser aprender todo o seu método de treinamento. Mas dificilmente se poderá encontrar alguém realmente capaz de aplicá-lo, porque seria preciso ter a sensibilidade que ele tem. Para perceber que por mais importante que seja determinado princípio, pode sempre haver outro que se torne ainda mais importante, dependendo das circunstâncias. É preciso muita sensibilidade para poder relativizar princípios sem incorrer em graves erros. Por isso, acaba sendo sempre muito mais fácil fixar normas rígidas para tudo e decretar que sejam seguidas custe o que custar. Nuno não faz o mais fácil e talvez seja isso o que ele tem de mais especial.

Das histórias que ele conta, uma das que eu mais gosto é a do atirador de facas que conheceu no circo, bem no comecinho da carreira. Diz que ficava fascinado com os trapezistas, contorcionistas e equilibristas, mas o que mais o impressionava era o atirador de facas. Em primeiro lugar porque era o que trabalhava sob maior pressão: um erro seu poderia matar a própria mulher, que amava. E depois, a forma como o atirador se comportava nos espetáculos o intrigava. Um dia, entrava no palco e imediatamente atirava todas as facas. Num outro, podia se demorar longamente, concentrando-se antes de começar a atirar. Não atirava sempre o mesmo número de facas. Enfim, não era apenas a performance, a incrível precisão do sujeito que impressionava e intrigava, como também todo o contexto. Até que um dia, conta o Nuno, criou coragem para ir lá falar com o atirador de facas e perguntou porque é que às vezes ele atirava logo, outras vezes se demorava, um dia atirava seis, outro dia apenas quatro. A resposta que ouviu teve para ele a força de uma revelação: "enquanto eu não estiver de 'cabeça preta' não atiro".

Desde então o Nuno compreendeu o que era estar verdadeiramente concentrado. Absolutamente nenhum pensamento, cabeça preta. Algo extremamente difícil de se conseguir. Não é tão difícil fixar seu pensamento em alguma coisa, mesmo que seja uma tela preta, ou branca, mas isso é um pensamento. O que o atirador de facas queria dizer com "cabeça preta" era a ausência total de pensamentos, o que é muito diferente. Algumas técnicas de meditação têm esse objetivo, mas na cultura ocidental a maioria das pessoas provavelmente nunca chegou sequer a tentar imaginar como seria libertar a mente, mesmo que apenas por alguns segundos. E quem nem pode imaginar o que é deixar de lado as interferências do consciente não poderia perceber como elas são capazes de atrapalhar o desempenho. Isso vale para muitas situações do nosso cotidiano, e ganha uma importância fundamental quando o assunto é esporte.

A descoberta que o Nuno fez observando o atirador de facas ocupa um lugar de destaque em todo o seu método de preparação física. Que, aliás, não é bem um método de preparação física, embora seja isso também. De fato, apesar de ele ter ficado conhecido por ser o preparador do Senna, a maneira como ele trabalha guarda muito pouca semelhança com a dos preparadores físicos tradicionais. Estes focam em exercícios que fazem qualquer atleta sentir-se num quartel e insistem em ignorar a cabeça – que, afinal, aparentemente nem faz parte do corpo. Para o Nuno, uma das coisas mais importantes consiste na percepção de que a cabeça é corpo. Essa constatação muda tudo, porque nos diz que devemos ser tão senhores dos nossos pensamentos e emoções quanto o somos dos músculos. Conseguir isso exige muito treino.

Até aí, aperfeiçoar o controle dos músculos também exige. Um corredor de fórmula 1 ser capaz de controlar sua ansiedade a ponto de permanecer concentrado, relaxado e com os batimentos cardíacos no nível do repouso enquanto espera pela luz verde da largada, sem dúvida figura entre os feitos extraordinários de que eu já tive notícia. A gente pensa que não pode ser possível. Para o Nuno isso é não apenas possível, mas necessário, pois num esporte em que o tempo de reação é insuficiente até para trazer a informação para o nível consciente, a interferência de emoções fora de hora simplesmente não pode acontecer. Outro esporte em que o atleta simplesmente não tem tempo para pensar é o tênis. O tenista não pode pensar no movimento porque até que a informação sobre o curso da bola vá ao cérebro e volte ao músculo o zumbido já passou pelo ouvido. Talvez seja por isso que o Nuno gosta tanto de preparar tenistas e automobilistas. No meu esporte, o que não falta é tempo. E, como os extremos se tocam, tanto tempo sobrando também faz crescer a importância da cabeça. Fica muito fácil a gente se deixar levar por pensamentos derrotistas, medo ou, simplesmente, pelo cansaço que inevitavelmente se sente. Concentrar-se no movimento tampouco seria eficiente, pois o movimento automatizado já provou ser o mais econômico durante todo o treinamento e procurar melhorá-lo trazendo ao nível consciente seria muito desgastante, então o melhor é deixar fluir. Parece simples, mas nem sempre se consegue manter a fluência ideal durante tanto tempo, e então os exercícios de mentalização são uma ajuda preciosa no trabalho de resgatá-la.

    O Nuno rejeita o dualismo corpo/mente, pois compreendeu com clareza a necessidade absoluta de harmonia entre ambos para a conquista da saúde e bem estar. De nada adianta cuidar do corpo e esquecer o intelectual e o emocional. O mais comum ainda é privilegiar o lado intelectual em detrimento do cuidado com o corpo, apesar da valorização da aparência que tem levado cada vez mais gente às academias. Mesmo porque, nas academias a busca do corpo perfeito muitas vezes passa por cima de qualquer preocupação com a saúde e o bem-estar físico.

Todo professor de educação física já sabe que forçar o atleta até o limite não traz o resultado ótimo. Às vezes traz o péssimo: distensão muscular, ligamento rompido, tendão inflamado. Mesmo assim, a maioria parece acreditar que é ele – e não o atleta – quem sabe até onde pode ir, sempre considerando, aparentemente, que as pessoas são naturalmente preguiçosas e sem alguém para forçá-las não farão nada. Um jeito de pensar que sobrevive, como uma praga terrivelmente resistente, nos quartéis, nas fábricas, nas escolas... E no esporte. Nuno acredita que cada pessoa não apenas pode, mas deve, precisa, ser o agente de suas próprias conquistas e transformações. Ninguém deve esperar que ele fique procurando controlar seus "pupilos" durante cada treino, conferindo e julgando seu grau de dedicação ou coisas assim. Ele ensina o caminho, mostra como devemos estar atentos aos sinais de nosso corpo, respeitar nossos limites – mesmo que nunca nos conformemos com eles. E repete sempre: "eu não faço nada, você é quem faz, a conquista é sua". O significado da frase não se limita a um elogio ou reforço positivo para que a gente se encha de orgulho e vá adiante, mas quer mostrar que a responsabilidade pelo que acontece com o treinamento é nossa. E, portanto, ele não deve, não quer e não vai fazer papel de polícia para saber se a gente está fazendo direito. E mais: para o Nuno é fundamental que se encontre prazer no que se faz. Exercício não é castigo, está mais para prêmio, privilégio.

Além do prazer do exercício em si, ainda tem as outras coisas que ele traz: ficar em forma, sentir-se mais forte e disposto, enfim, com mais saúde. E nada disso se consegue passando do limite. Para mim o exercício – todo o que eu fiz nos dois anos de preparação, mas também, e de forma mais específica, clara e concreta o que eu estava fazendo agora, ainda podia trazer a suprema alegria de ter um sonho transformado em realidade.

10.

Algum tempo atrás comecei a sonhar que poderia ser capaz de um dia sair nadando da Inglaterra e chegar à França e agora eu estava quase lá. Mesmo que a metade tivesse ficado para trás ainda há pouco, porque eu tinha que lembrar que na verdade, os dois anos anteriores tinham feito parte do caminho.

Caminho. Sou fascinada por caminhos. Como fotógrafa, me maravilho às vezes com a beleza plástica de uma estrada, me emociono, como se fosse um poema. Encruzilhadas, subidas, descidas, luz e sombra. Gosto muito de caminhar numa estrada lá na fazenda, o caminho da Fortalezinha. Agora uma parte dela foi fechada, não podemos mais dar a volta como fazíamos, saindo da casa de minha mãe por um lado e chegando pelo outro. Mas ainda dá para ir ao pedaço que mais me encanta, onde as árvores cresceram e fizeram um túnel, onde é sempre fresco mesmo num dia de sol escaldante e o verde inunda a alma. De alguns lugares olho suas curvas e penso que poderiam me levar ao infinito. Curvas. A vida é cheia delas.

23 de setembro de 1993

E agora eu ia ter que fazer uma, a menos que desejasse acabar atropelada por um petroleiro...

11.

Imensos petroleiros podem ser um obstáculo bem significativo para uma pequena nadadora "perdida" no meio do mar. Chegamos a ter que nadar um quilômetro a mais para passar por trás de um se o capitão não estiver disposto a mudar o curso. E esse não estava... Uma curva a mais, um acidente de percurso. Ter que desviar de um petroleiro não chega a ser inesperado durante uma travessia do Canal. O tráfego é muito intenso, já tínhamos passado perto de outros dois. O primeiro já tinha passado, nossos caminhos não se cruzaram de fato. O segundo tinha um capitão simpático, amigo dos nadadores e deu uma desviadinha. Agora quem ia ter que desviar era eu. É algo que a gente não gosta, mas faz parte.

Acho que as travessias são boas metáforas para a vida. Talvez a vida até seja isso mesmo, uma espécie de graaaande travessia. E também está cheia de coisas que a gente não gosta, mas faz parte. Gripe. Brigar com o namorado. Bater a canela. Levar bronca. Não saber uma resposta. Não saber nenhuma resposta. Chatear uma pessoa querida. Sentir-se traída. Cair da bicicleta. Deixar queimar o bolo. Sentir saudade. Arrumar o armário. Armário bagunçado. Ter que escolher. Não ter escolha. Arrogância de um "superior". Pesadelo. Menstruação. Congestionamento. Perder o ônibus. Passar vergonha. Passar roupa. Desejar e não poder ter. Não encontrar a palavra. Esperar. Errar. Entre tudo de que a gente não gosta, mas faz parte da vida, tem uma coisa que é a mais difícil de aceitar, mais do que todas as outras, mesmo sabendo que não dá para evitar, mesmo sendo a grande certeza da vida, talvez até a única certeza. A morte. Eu sou brigada com ela.

12.

Não gosto de esperar. Se tiver que ir a um lugar onde sei que posso ser posta para esperar muito tempo, sempre levo comigo um livro, assim fica tudo melhor. E as filas, os congestionamentos... Quando mudei para São Paulo, minha irmã, que já estava aqui havia dois anos, costumava dizer que o grande problema dessa cidade era que, para onde você fosse, sempre tinha a sensação de que todo mundo tinha tido a mesma ideia. Então tive essa ideia bem pouco comum de atravessar o Canal, mas precisei esperar como nunca na vida. E embora tenha sido difícil esperar tanto tempo, com a incerteza, tanta ansiedade, sem saber nem quando nem se eu poderia nadar, houve momentos de descontração, divertimento.

Eu e o Claudio costumávamos conversar num portunhol às vezes difícil, pois nem eu falo bem castelhano, nem ele fala um português perfeito. Às vezes recorríamos ao inglês, que também nem sempre resolvia. Uma tarde estávamos conversando e escrevendo um pouco no quarto do hotel quando ele foi me explicar o que era um "buo". Um pássaro, noturno. Uma coruja? Ele não tinha certeza, não sabia o nome em português. Disse que o nome em inglês era semelhante ao espanhol, continuei na mesma, pegou um papel e começou a desenhar. Assim que ele desenhou os olhos, eu disse, sim, coruja. Ele então resolveu criar um bicho diferente: tem pés de pato, bico grande, foi desenhando algo totalmente estranho, divertindo-se enquanto eu, compenetrada, continuava tentando descobrir que bicho era aquele. Até que ele disse alguma coisa bem absurda, do tipo tem duas cabeças, e só então eu fui perceber que ele estava tirando uma da minha cara. Pouco depois ele quis saber como se dizia "coma" em português.

– Oras, coma em português era o estado de um paciente inconsciente que não responde a estímulos, em espanhol não se diz "coma"?

– Estou falando do sinal de pontuação, como no inglês.

– Ah, vírgula!

– Ele ficou incrédulo. Vocês chamam essa coisinha tão simples de vírgula? Vírgula parece o nome de uma doença horrível ou algo assim! Caiu de cama com uma virgulite terrível...

Passamos a tarde nos divertindo muito, descobrindo as palavras que nos pareciam absurdas na língua do outro, mesmo sendo línguas tão semelhantes. Nos dias seguintes ainda nos pegávamos rindo sozinhos, chamando um ao outro de coruja.

23 de setembro de 1993

E agora, eu ali, nadando havia umas boas horas, já um bocado cansada, respiro uma vez mais lentamente para ver o que ele estava me dizendo pela lousa, não está escrito nada, tem um desenho. O que é aquilo? Uma coruja, com pés de pato, bico de tucano, está faltando uma cabeça! Tive que parar para rir.

13.

Quando pequena eu era uma dessas crianças bem chatas, sempre querendo mais atenção do que minha mãe, com doze filhos, conseguia me dar. Chegava para ela reclamando que não tinha nada para fazer. Ela começava dando umas opções, vá andar de bicicleta, brincar de boneca, balançar, passear a cavalo ou de charrete, colher umas frutas, é tempo de manga. Ou de laranja, ou de jabuticabas – sempre era tempo de alguma coisa. Quanto mais opções ela me propusesse mais aborrecida eu ficava, não queria nada daquilo. Então ela me convidava para ajudá-la a fazer um bolo, perguntava se eu queria aprender a bordar ou a tricotar e eu ficava contente, assim teria sua atenção. Seria diferente se ela me dissesse para fazer o bolo sozinha, mas eu não tinha mesmo idade para isso. Assim aprendi várias prendas domésticas que já não se ensinavam para as meninas do meu tempo. Mas ela também sempre dizia: "sabe filha, a gente precisa aprender a se divertir com o que está à mão". Eu ficava muito chateada com essa frase, que ela repetiu incansavelmente durante muito tempo, até que acabei me dando conta de que aquilo era mesmo muito bom. Significava levar a vida com bom humor.

Percebi, de repente, como eu andava séria desde a noite anterior.

Noite do dia 22, manhã do dia 23 de setembro de 1993

Quando recebi a notícia de que a espera tinha finalmente terminado, fiquei feliz. Muito feliz, porém uma alegria um tanto sisuda. Liguei para o Brasil para contar, liguei para o Nuno em Portugal, tinha a adrenalina alterada, estava agitada, nervosa, é nessa madrugada! Dormir foi difícil, tentei um relaxamento que não funcionava. Enquanto tentava acalmar e fazer com que o coração batesse mais devagar, o que costumava ser fácil, um pensamento insistia em voltar: preciso dormir, vou acordar às quatro da manhã e nadar o dia inteiro. E o coração disparava outra vez. Demorei a dormir, mas acordei antes que o despertador tocasse. E assustada, achando que tinha perdido a hora, estava a mil. Como me sentia perfeitamente desperta às cinco para as quatro da madrugada, concluí que eu estava com saldo de descanso. Havia quase um mês que eu não fazia quase nada além de descansar, afinal.

Vesti o maiô e conferi mais uma vez se tinha tudo na mochila: touca, óculos, aquela horrível mistura de vaselina com lanolina, luvas para passar a mistura horrível, barras energéticas (também não são uma mistura exatamente agradável), sinalizador, bandeira do Brasil, toalha, passaporte. Não haveria posto de imigração quando eu chegasse à França, mas como cruzaríamos a fronteira, precisava levá-lo. O Claudio e a Maru estavam com as garrafas térmicas e cuidariam do chá. Quase me esqueço da bolsa da filmadora.

Cheguei para o café da manhã fora de hora, que o pessoal do hotel gentilmente me ofereceu. Ainda era madrugada e meu estômago não estava pronto para comida, mas ia ter que digerir alguma coisa, mesmo assim. Cereais. Desceram com grande dificuldade, certamente não apenas porque ainda não era hora para café da manhã. As tais borboletas no estômago já eram velhas conhecidas minhas e me faziam lembrar de uma tormenta num lago gelado. Acho que quase todo mundo já sentiu algo parecido quando era criança, por exemplo, indo para suas primeiras provas na escola, sem ter certeza se estava de fato preparado para o que haveria de vir.

Fomos caminhando para o porto, ao encontro dos irmãos Brickell. Reg, pescador na região e muito experiente no acompanhamento de nadadores na travessia do Canal da Mancha, pilotaria o barco, Ray era fiscal da *Channel Swimming Association*. Chegamos antes deles e os dez ou quinze minutos que demoraram a aparecer se arrastaram de tal forma que eu me sentia como uma criança em noite de Natal, esperando o momento, que nunca chega, de abrir os presentes. Se atrasassem, eu perderia o momento ideal de partir, logo depois da inversão da corrente. Estava muito difícil controlar a ansiedade.

Claudio me repetia "*tranquila, Ana, tranquila*", só que um turbilhão de aflições me impedia de obedecer. Estaria de fato preparada? Passaria mal, como no ano anterior? Quanto teria sido afetada minha condição física, depois de quase um mês de espera, com um volume mínimo de treinamento? Eu tinha apenas uma certeza, uma convicção fundamental: não abandonaria a prova, em hipótese alguma, se não conseguisse terminar, seria o Claudio quem teria que decidir me tirar da água. Mas as outras dúvidas ainda eram capazes de me trazer suficiente ansiedade. Digo suficiente porque acredito que não seria muito natural estar absolutamente tranquila naquele momento.

O atraso dos Brickell me fazia questionar a cada segundo de onde vinha a expressão "pontualidade britânica"; finalmente eles chegaram. Embarcamos e, enquanto nos dirigíamos à praia de onde partem os nadadores, Maru me "engraxava". Coloquei aspas porque, evidentemente, uma pessoa não se engraxa, usualmente. Poderia muito bem tê-las dispensado, porque era isso mesmo o que estava acontecendo. No Canal da Mancha os nadadores usam essa mistura de vaselina com lanolina que, dizem, ajuda a proteger do frio. Encomenda-se esta graxa extremamente pegajosa na drogaria Boots de Folkestone, pelo nome de "Channel Grease". Considero o efeito de isolante térmico do preparado muito questionável, mas achei que já era uma parte importante do ritual e me deixei lambuzar. E não me arrependeria, horas mais tarde, quando me vi nadando num mar de águas vivas, pois a graxa protege das queimaduras.

Como eram cinco e meia da manhã e ainda estava escuro, penduraram também um sinalizador no meu maiô. Claro que ninguém pensava ter que procurar por mim através daquela luzinha verde, porque eu nadaria sempre bem pertinho do barco, mas, em todo o caso... Muita gente pensa que, nessas travessias grandes, há sempre um barco seguindo o nadador. Ideia errada. O que existe é um nadador seguindo o barco. O que é mais do que lógico, pois, ao nível da água, nada-se muito antes de sequer avistar a França e, para ter rumo, seria necessário um GPS no pulso, a ser consultado a toda hora, o que não seria nada prático. Claro que, dito assim, tudo isso parece uma tremenda bobagem, mas eu já fui obrigada, mais de uma vez, a parar no meio de uma prova para explicar a um barqueiro inexperiente que era ele quem deveria me dar o rumo. Certa vez, na Argentina, nadando uma prova de 88 km (a favor da correnteza, mas isso não ajuda em nada na hora de saber o caminho) no rio Paraná, cheio de entradas e bifurcações, me percebi nadando completamente sem rumo. Parei e disse ao barqueiro: "todos os nadadores estão indo para aquele lado, porque você está me levando por aqui?". Ele me explicou que eu é que estava nadando para lá... No Canal eu não teria qualquer problema dessa natureza. Brickell era experiente e super competente.

Quase chegando a Shakespeare Cliff, o local da partida, avistamos um barco já se adiantando na prova, que aparentemente tinha partido uns vinte minutos antes, e o reconhecemos como sendo o da nadadora norte-americana Karen Burton, uma grande nadadora, campeã da Copa do Mundo no ano anterior e, naquele momento, segunda colocada no ranking mundial. Isso aumentou um pouco a minha ansiedade quanto à hora, estaríamos atrasados em relação à maré? Já não era tempo de pensar nisso. A partir daquele momento, tudo o que eu deveria fazer para tentar chegar à França era nadar – o que, pensando bem, é só um "erre" mais que nada. Aliás, o Edu, meu cunhado, a respeito do fato de eu estar sempre nadando por aí e quase nunca comparecer aos eventos familiares, saiu com essa: "todo mundo esperando a Ana e a Ana nada..."

O Claudio pendurou a bandeira do Brasil no mastro do barco. O esporte costuma nos tornar irresistivelmente patriotas. Nunca acreditei nessa bobagem de que conquistas esportivas são medida de grandeza de um país, mas, por algum motivo mais ou menos obscuro, queria a bandeira. Deve ser uma forma de dizer 'é de lá que eu venho', uma busca de pertencimento, de raiz, tenho uma pátria e a amo apesar de tudo e também por tudo. De fato, somos o que somos também por vir de onde viemos, então passa por uma questão de identidade. Certamente a bandeira lá estava por mim – eu a queria – não pelo Brasil, que dela não precisava, nem fazia questão. Muitas vezes, conversando com alguém sobre a dificuldade de patrocínio, vi meu interlocutor mostrar indignação pelo fato de nem o governo me dar apoio. Eu tinha que discordar. Patrocínio sim, estava sempre buscando. Mas dinheiro público eu não achava que deveria ser investido na minha travessura, não num país como o Brasil, com tantas carências. E, no entanto, um ano mais tarde eu me veria indignada. Classificada para a final do campeonato mundial 93-94 de natação de longa distância, prova oficial realizada pela Federação Internacional de Natação, onde eu estaria de fato representando o país e que seria realizada na Itália, resolvi dar uma ligadinha na CBDA (Confederação Brasileira de Desportos Aquáticos) para ver se eles não pagavam a passagem, para mim e para meu técnico, que era sempre muito ruim chegar no lugar da prova sozinha e procurar alguém do local, totalmente desconhecido, que se dispusesse a me acompanhar e dar alimentação durante a prova. Disseram que não havia dinheiro e não insisti. Quando cheguei na Itália, surpresa. Havia um diretor da CBDA, devidamente acompanhado pela esposa, ambos uniformizados. Estavam lá para aprender como organizar uma prova, já que haveria uma no Brasil no ano seguinte. Na hora da premiação a esposa do diretor emprestou-me seu agasalho oficial da seleção brasileira de natação, já que eu não tinha um. Não devolvi.

    Mas isso tudo viria depois. Naquele instante, confortada pelas cores da bandeira da nossa pátria que tem mais flores e mais amores, quiçá aquecida por alguma lembrança boa de praia bonita e ensolarada, me atirei na água. E nessa hora, como contei, me sentia felicíssima. Ainda uma alegria sisuda, sem riso. Eu estava me levando muito a sério, esquecendo de me divertir. Acho que só alguns anos depois é que fui perceber o quanto aquela história de Canal da Mancha era travessa, tão travessura quanto travessia. Enquanto estava mergulhada no empenho de um desafio difícil, ainda que arteiro, esquecia do conselho da minha mãe – filha, a gente precisa mesmo é aprender a se divertir com o que está à mão. O riso é um companheiro perfeito para a travessia da vida. E na travessia do Canal é muito bom também, apesar de o relaxamento que ele traz deixar os braços um pouco bambos por algum tempo...

Voltei a nadar aos tropeços, o sorriso ainda estampado no rosto, em companhia daquela coruja estapafúrdia e da consciência de que eu era uma pessoa de sorte na vida. Como é gostoso rir de bobagens de vez em quando, rir de si mesmo, ficar alegre de repente, sem motivo aparente, só por causa de uma lembrança boa que passa pela cabeça da gente como se fosse um passarinho voando. Curva os cantos dos lábios para cima, ilumina o rosto, a própria vida parece ter mais luz de repente. Estava leve. Já nem me lembrava de que existiam no mundo petroleiros, desvios de rota e tantas coisas de que a gente não gosta, mas que fazem parte da vida. Por esse instante – precioso instante! – até me pareceu que chegar na França era uma certeza.

23 de setembro de 1993

Quando se é atleta, é preciso tentar fabricar algumas certezas. Então, como já contei, eu tinha uma fundamental, a de não desistir. Eu estava agora meio sem noção de quanto tempo já tinha passado desde que me tinham dito que eu estava bem no meio do Canal. Menos ideia ainda eu fazia de quantos quilômetros faltavam para chegar. Cinco, dez, doze? Decidi que pouco importava. Continuava não querendo olhar para a França para tentar avaliar se estava perto ou longe, mesmo porque essa avaliação costuma carecer muito de precisão quando estamos nadando. E, afinal, quanto faltasse, era aquilo mesmo que eu nadaria. Mais ou menos por essa hora o Claudio me estendeu um copo de chá. E desta vez também um pedaço de Power Bar. Enquanto eu mastigava ele disse: "Ana, você vai ter 'picar'".

Acho que demorei alguns segundos para processar a informação e compreendê-la, depois quis saber o que se passava. Quis saber embora na verdade já o soubesse. O que o Claudio estava me dizendo era: "tem certeza?" "Estás segura?" de que não importa quanto tenha que nadar? Porque se ele me pedia para forçar o ritmo, considerando que o meu objetivo não era quebrar recorde, o motivo só poderia ser um: Cap Gris-Nez estava me escapando.

O ponto mais estreito do Canal da Mancha é o que separa Shakespeare Cliff de Cap Gris-Nez: 33 km. Tentar fazer esse trajeto pode ser arriscado. A maioria dos nadadores tenta chegar em qualquer ponto entre Cap Gris-Nez e Calais, evitando a todo custo perder o cabo quando a corrente puxa rumo ao Atlântico, pois aí o percurso cresce tremendamente, podendo fazer com que o nadador que está praticamente na França acabe tendo que nadar até mais três horas para tocá-la. Isto porque é inútil tentar nadar contra a corrente rumo ao ponto mais próximo. O nadador que passa a oeste de Cap Gris-Nez na maré vazante não tem outro remédio senão ir cortando a corrente rumo sul, nadando vários quilômetros a mais até conseguir chegar. Dependendo da velocidade do nadador e da força da corrente, pode acontecer de ele ir se distanciando do litoral por algum tempo, até que a corrente se inverta de novo.

Minha convicção de chegar à França, não importando quantos quilômetros ou horas tivesse que nadar, abalou-se de repente. E ao perceber a minha aflição o Claudio procurou me acalmar: ainda podemos chegar em Cap Gris-Nez, mas quando eu te disser, você precisa procurar nadar mais forte. Olhei para ele e senti toda a força fugir do meu corpo. Tive frio. Será que eu aguentaria nadar mais cinco, seis horas se precisasse? Porque, desde que eu aguentasse, de fato não importava quanto eu teria que nadar. O que eu precisava era apenas não me abater pela perspectiva de alguns quilômetros ou horas a mais. Eu já tinha nadado umas sete horas, era o que eu imaginava. Desistir, nem pensar. Estava combinado: a única coisa que me faria sair da água seria minha segurança em risco, pelo menos essa convicção eu manteria. E certamente este não era o caso. Simplesmente pensar que dali 5 horas isso poderia acontecer e eu teria que abandonar a prova depois de um tremendo esforço não era motivo. Mesmo porque o pior seria abandonar antes de ter feito todo o esforço.

Era importante voltar a nadar firme e para isso precisava recuperar minha confiança. Pensar em nadar morro abaixo já não adiantava mais: na descida a gente solta o corpo e se deixa levar, mas agora havia uma forte corrente me levando para onde eu não queria e isso era tudo o que eu não podia fazer. Eu precisava de força para não permitir que ela me levasse longe demais. Ordenei aos meus braços: façam força! Eles me responderam: estamos cansados, estamos trabalhando há horas e se você pensa que não estávamos fazendo força muito se engana. Quem souber como convencer dois pobres braços que já nadaram mais de vinte quilômetros de que o esforço que eles estão fazendo infelizmente não está sendo suficiente, por favor, me ajude.

A única pessoa que podia me ajudar era eu mesma. Eu precisava me convencer a me ajudar, o que não deveria ser difícil. Afinal, ninguém trabalha contra a própria causa. Ou pelo menos a lógica diz que deveria ser assim... Na verdade a gente vive se sabotando. Quando mais precisa de calma, um ataque de nervos, quando mais precisa de força, pernas bambas, quando precisa ternura, agressividade. Chega a ser engraçado às vezes, por isso situações em que as pessoas agem contra si próprias podem ser vistas aos montes nas comédias no cinema e nos programas humorísticos da TV. Mas não teria absolutamente nenhuma graça agora. Por mais cansada que estivesse me sentindo, eu sabia que ainda tinha muito para dar. Deixar-me abater pela dificuldade seria a melhor forma de torná-la monstruosa, intransponível e eu não podia fazer isso. Não dessa vez. Se eu vivia dizendo que uma das coisas mais bacanas de nadar maratonas era o exercício de constante autossuperação, aquele era o momento. A gente cresce mais no momento em que se encontra bem perto do limite e era lá que eu estava. Ou pensava estar, o que dá mais ou menos no mesmo.

14.

O esporte sempre proporciona estas oportunidades ao atleta de ir um pouco além do que se julgaria capaz. Na maioria das vezes essa força vem da competição: é preciso superar-se para superar o outro. Vivi esta situação muitas vezes, especialmente quando nadava em piscina. Eram ocasiões em que eu encontrava sempre dois sentimentos terrivelmente contraditórios. Queria ganhar, evidentemente, e ficava contente quando conseguia. Mas sabia que a adversária da raia ao lado queria ganhar também e se tinha perdido estava certamente aborrecida, o que me entristecia. Por que tinha que ser assim, a alegria de um custando a tristeza do outro? Porque a vitória pede derrotados, era a resposta de sempre.

Claro que eu também procurava me convencer – especialmente quando perdia – de que na verdade o importante era superar minhas próprias marcas, vencer a mim mesma. Depois, se subisse no pódio tudo seria apenas uma consequência. E, se não subisse, não tinha importância. Arrisco dizer que chegava a acreditar mesmo nisso; então competir não faria muito sentido. E algo no ambiente das competições me incomodava: era verdade que a gente sempre fazia muitos amigos e havia bastante coisa bacana. Mas tinha também aqueles que estavam torcendo para que o adversário tivesse uma cãibra ou dor de barriga na hora da largada. Eu continuava treinando e competindo porque achava que as coisas boas superavam as ruins. Meus melhores amigos eu conheci no esporte. E algumas das lições que eu considerava mais importantes também. Como essa, de perceber que competir nunca era bom de tudo, pois no fim alguém tem sempre que perder. O melhor do esporte não estava na competição, e sim na busca diária da excelência e no convívio com gente que compartilha a mesma busca.

Quase um ano depois dessa minha experiência no Canal, eu viveria um fato que me faria desgostar ainda mais das competições. Depois de nadar a final do campeonato mundial na Riviera Italiana, me dei um mês de férias para passear, mochila nas costas, e conhecer um pouco a Europa. Fui a muitos lugares e, no dia do jogo do Brasil contra a Holanda, pelo mata-mata da Copa de 1994, estava em Amsterdã. Na véspera do jogo fiquei sabendo no albergue que tinha um bar onde os brasileiros estavam se reunindo para ver os jogos e resolvi ir para lá também. Bem contente, levei até minha bandeira do Brasil, que tinha me acompanhado na prova na Itália, claro que prudentemente guardada, só saiu da mochila no bar. O jogo foi aquela aflição, e como conta a história, o Brasil levou. Comemorei um pouco, depois guardei a bandeira e fui voltando a pé para o albergue, que uma das coisas que mais gosto quando estou numa cidade desconhecida é caminhar. Mas foi aí que uma cena muito breve fez qualquer alegria que eu estivesse sentindo pela vitória brasileira evaporar num instante. O pai vinha pedalando e o filho, sentado na cadeirinha presa ao guidão da bicicleta, levava na mão direita uma bandeirinha holandesa e tinha lágrimas, muitas, escorrendo pelas bochechas. A bicicleta passou e eu ainda fiquei ali um tempo parada diante da rua vazia, já podia atravessar, não vinha ninguém, mas estava paralisada, pensando, essa tristeza é minha conhecida... Descobri então que talvez gostasse de Copa do Mundo não por causa da folia, nem por ter nascido em plena Copa de 1970, mas porque podia ficar com a sensação de que todo mundo estava torcendo pelo Brasil, depois das vitórias todos saíam pelas ruas e comemoravam juntos, as pessoas que estavam tristes pela derrota estavam longe demais para que eu pudesse de fato sentir sua tristeza, diante do oceano de alegria à minha volta. Agora essa magia tinha se perdido, era muito difícil comemorar na terra dos derrotados. Talvez eu estivesse mais contente se a Holanda tivesse vencido e eu estivesse caminhando por ruas alegres, cheias de cor de laranja.

Provavelmente esse mesmo sentimento de inconformidade com o contraste que a competição provoca e a impossibilidade de estarem todos satisfeitos quando se compete tenha feito a descoberta da natação de longa distância especial para mim, a ponto de eu ter superado meus pavores para poder participar. Na época em que nadei minhas primeiras provas, sempre desistindo, sentindo medo, enjôo, nadando em ziguezague, com uma enorme dificuldade de orientação, problemas com óculos embaçados ou entrando água, parecia que nada dava certo nunca, o que me motivava a tentar de novo era o ambiente das provas. A gente chegava no alojamento e tinha sempre alguém mais experiente disposto a compartilhar o que sabia, facilitar as coisas. Eu me lembro da Renata Agondi, que já era absoluta nessa época, conversando com a gente, dando dicas, usem vaselina para não se esfolarem, mas cuidem para que não suje os óculos, alimentem-se e hidratem-se com frequência, tanto quanto possível, procurem seu ritmo, não comecem forte demais...

Nesse esporte o primeiro adversário de todo nadador é sempre a própria prova, o que acaba atenuando a competição entre os atletas, despertando a cooperação com uma força que eu ainda não tinha visto no meio esportivo e ainda fazendo com que todo o nadador que cruza a linha de chegada possa de fato se sentir um vencedor, mesmo tendo sido o último. E aqui não é discurso vazio, chavão que de tão repetido fica gasto. Acontecem coisas como um nadador que está brigando pelas primeiras posições prejudicar seu próprio desempenho para ajudar um adversário direto que teve problemas com sua embarcação de apoio. Ou ainda, ser a antepenúltima nadadora a completar uma prova aplaudida por uma multidão de cem mil pessoas na chegada. Aconteceu comigo depois de nadar os 88km da Hernandarias-Paraná.

Num desafio solo como no Canal, em que a competição simplesmente desaparece, a prova passa a ser o único adversário, exceto quando nos transformamos em adversários de nós mesmos. Verdade que o Canal é capaz de se desdobrar em uma porção de oponentes difíceis – espera, frio, correntes, águas-vivas. Mas quase sempre o grande problema é que diante dele – ou deles – a gente treme, por causa da fama de bicho de sete cabeças. Só o frio deveria ser capaz de provocar tremedeira e, ainda assim, se quer vencê-lo, não trema. O fato é que não ter uma pessoa para derrotar é muito bom. Se ganhar, é só alegria. A desvantagem é que se você perder, não vai ter ninguém feliz. Portanto, não perca.

Eu estava diante de um fantasma. Embora a situação fosse toda muito diferente daquela em que eu me encontrava quando desisti da travessia um ano antes, havia algo em comum, uma coisa fundamental que eu precisava enfrentar: o medo de não conseguir. Eu sabia que era ele que estava me abatendo, mais do que qualquer outra coisa. E sabia também que tinha sido esse medo o grande responsável pelo fracasso da primeira tentativa. Mesmo que não seja possível saber se eu seria capaz de superar todas as dificuldades em que me encontrava no momento em que desisti e estendi a mão para que o Claudio me ajudasse a subir no barco, o que ficou muito claro foi que eu não tive suficiente coragem para enfrentá-las – por medo de perder. Acabei desistindo antes de ser de fato derrotada pelo frio, pelas ondas, pelo estômago embrulhado, ou pelas correntes, simplesmente porque deixei de acreditar que poderia ser capaz de superar os obstáculos, passar pelo mau momento em que me encontrava, superar outros que pudessem vir e de fato chegar.

23 de setembro de 1993

Agora eu estava diante do mesmo medo de não conseguir e de repente toda a grandeza do mar tinha vindo pesar sobre os meus braços. Ninguém pode vencer o mar, por isso é tão importante evitar o embate direto – se a corrente é mais forte do que você, não nade contra ela, procure cortá-la. Mas eu sabia disso tudo havia muito tempo e não havia motivo para me abater tanto pela ideia da minha pequenez diante da imensidão daquelas águas. Então não estava justamente aí a beleza do que eu estava tentando fazer? O desafio tinha me trazido até aquele ponto. Tremer diante dele era até esperado, recusar-me a enfrentá-lo justamente quando ele se apresenta seria um contrassenso.

15.

A natação de longa distância não está sozinha nessas características. O alpinismo, por exemplo, também é fortemente marcado pelo desafio e ainda mais dramático, porque muito mais arriscado. Na verdade acredito que em todos os esportes o desafio deveria passar a merecer mais atenção. A ênfase na competição, que supervaloriza o campeão e desmerece o esforço dos "perdedores", além de empobrecer a experiência, faz do esporte a profissão mais injusta que eu conheço. Não sei como poderia ser diferente, pois o esporte tornou-se profissão apenas por ser um espetáculo que movimenta muito dinheiro. E a competição faz parte do show, o drama de vencedores e derrotados, a disputa acirrada, a rixa entre adversários, são coisas que movem os espectadores. Mas não dá para negar que é terrível. Imaginem a final dos 100m rasos numa olimpíada. Todos aqueles atletas são profissionais que se dedicam totalmente ao atletismo. A qualidade técnica deles é muito parecida, o talento também. O campeão não seria ninguém se corresse sozinho. Não existe esporte apenas de campeões, só que na hora de firmar contratos eles concentram quase toda a renda gerada pelo espetáculo que não dão sozinhos, pois são os que aparecem e são os vencedores, é à figura deles que os patrocinadores querem associar suas marcas. Claro que os melhores podem e devem ser melhor remunerados, mas a diferença não deveria ser tão grande. Às vezes me pergunto se foi a ultra competitiva cultura ocidental que fez o esporte profissional distribuir tão mal a renda que gera, ou se foi o esporte, competitivo por natureza, que fez com que nossa sociedade acabasse assim dividida em vencedores e perdedores. Parece-me muito claro que a humanidade seria mais feliz se competisse menos e cooperasse mais. Quando os atletas competem, muito frequentemente acabam tendo o que se convencionou chamar comportamento antiesportivo: tipicamente aquela entrada maldosa no joelho ou no tornozelo, "para quebrar" o craque. Ou o uso de drogas para aumentar o rendimento. No caso do doping, aliás, todo mundo sabe que os casos conhecidos representam apenas uma porcentagem, provavelmente bem pequena, do total. Adaptadas as particularidades, "passadas de perna" são muito comuns nos meios não esportivos também, especialmente porque vivemos numa sociedade ultracompetitiva.

Sou apaixonada por esporte desde criança. Primeiro fui fã de Nadia Comaneci. Bem pequena ainda assisti, entre maravilhada e estarrecida, ao milagre de uma atleta que alcançou a perfeição. Até hoje não consegui responder à pergunta que me vinha à cabeça ao ver uma apresentação sua: como pode?! Um pouco mais tarde eram os dribles do Zico que me encantavam. Continuo revoltada com o juiz que primeiro ignorou sua camisa rasgada, depois mandou trocá-la na volta do intervalo, na copa de 82. Ricardo Prado conseguiu ser recordista mundial de 400m medley medindo menos de 1,70m. Vê-lo nadar era quase uma experiência mística: a fluidez dos movimentos, a da água, o deslize... simplesmente perfeito! A "jornada nas estrelas" de Bernard, junto com o sincronismo quase musical daquele time que fez nascer o vôlei no Brasil; a mão santa do Oscar e a do Marcel; Ayrton Senna correndo na chuva; Gustavo Kuerten dando show de talento e garra em Roland Garros, Daiane e seu inacreditável salto "Dos Santos" – quem nunca se encantou com algum espetáculo proporcionado pelo esporte?

Como quase ninguém escapa de admirar um grande atleta alguma vez na vida, não é difícil compreender a facilidade com que o esporte se relaciona com a publicidade. O grande atleta, sendo exemplo de força, velocidade, resistência, tenacidade, agilidade, ou simplesmente emprestando sua imagem de vencedor, pode ser visto a toda a hora nas mais variadas (e às vezes inesperadas) propagandas. Mas ainda mais incrível que a resistência de qualquer superatleta é a resistência da imagem do esporte a tantos escândalos. Todo mundo diz que esporte é saúde, que promove a amizade entre indivíduos e povos e até que dá oportunidade de vida melhor para muita gente. Em relação à ideia que relaciona o esporte à vida saudável, me parece que existe uma confusão entre esporte de alta performance, o mundo dos atletas profissionais e a altamente saudável prática regular de atividade física sem tanto exagero, digamos assim.

Mesmo não levando em conta os casos de atletas que se dispõem a verdadeiros atentados contra a própria integridade física em nome da performance, é difícil dizer que o esporte de alto nível seja uma atividade exatamente saudável. O excesso de exercício causa, muito frequentemente, problemas articulares que levam os atletas à mesa de cirurgia. Queda imunológica relacionada ao esforço extremo e micro fraturas por estresse também são problemas comuns e até certo ponto intrínsecos à atividade esportiva de alta performance. Também não é incomum que atletas sejam pressionados pelo patrocinador, pelo clube ou ambos para treinar e competir mesmo machucados, agravando pequenas lesões.

E há ainda os casos de atletas dispostos a colocar em risco sua saúde, e às vezes até a própria vida, em busca de um resultado melhor, por exemplo, tomando anabolizantes, a prática que mais salta à vista e uma das mais perigosas. Arriscado tanto para homens quanto para mulheres, choca mais no segundo caso, porque masculiniza, põe em risco a capacidade reprodutiva, mexe com a identidade sexual. Tudo isso não tem nada de saudável.

Só acadêmicos preocupam-se com o nome das coisas. Dizem "cuidado, estamos aqui diante de uma perigosa armadilha conceitual" e a gente pensa: aí vem! E desliga os ouvidos... Tudo bem, você pode pular algumas páginas, mas vindo de uma atleta e não de uma intelectual, então talvez até dê para arriscar continuar a leitura. Então o que é esporte? O futebol de fim de semana, o da praia, a escolinha de futebol do seu filho de sete anos, o futebol com finalidade de lazer, mas com treinos regulares três vezes por semana e participação em pequenos campeonatos, e o futebol profissional da terceira à primeira divisão, é tudo a mesma coisa, tudo esporte? Então a gente inclui aí boxe, hóquei sobre cavalo e sobre patins, ginástica olímpica, esqui na neve e na água, natação, atletismo, pólo aquático, correr na avenida Sumaré às 6 da tarde, iatismo, canoagem, corrida de aventura, tiro ao alvo, judô, caratê e todas as lutas, vôlei, basquete, vôlei de praia e futevôlei, handebol, ciclismo, as corridas de carro e de motocicleta, patins, skate, surfe, caminhada, alpinismo, hipismo, arvorismo... Não tem fim e para cada um você pode colocar variações mais ou menos como eu fiz para o futebol. Então esporte o que é mesmo? Mais fácil dizer que é saúde...

Num tempo em que o sedentarismo e as doenças a ele relacionadas viraram um gravíssimo problema de saúde pública não surpreende que o esporte consiga manter sua aura apesar de tudo. O corpo humano precisa de movimento, se fica parado deixa de funcionar bem. A atividade física e muito daquilo que a gente chama esporte é de fato saudável. Mas o esporte de alta performance, como praticado hoje, quase nunca colabora para a boa saúde de seus praticantes, muito pelo contrário. A busca da vitória a qualquer custo chegou a um ponto onde os atletas estão mesmo dispostos a pagar com a própria vida a glória esportiva. Seria bom que estas ideias a tanto tempo repetidas, quase sem pensar, pudessem ser um pouco mais questionadas, para que os pais que levam seus filhos às escolinhas de esporte pudessem ter mais claro o que querem de fato para seus filhos e para que os pequenos atletas pudessem ir crescendo com mais clareza do que querem buscar no esporte e na vida. No fundo, o mais importante é que tenhamos consciência de quais são os valores que estão por trás do que fazemos e possamos ter a certeza de que eles estão de acordo com os valores em que acreditamos.

Por isso, melhor tentar esclarecer mais uma coisa: o esporte de alto nível não pode ser considerado um bom mecanismo de ascensão social, ou um meio eficiente de resgatar da marginalidade as vítimas da nossa brutal injustiça social. Esse engano tem duas raízes: em primeiro lugar a gente vê na TV alguns jogadores de futebol que vieram da favela, nunca puderam estudar e, craques que são, ficaram ricos, famosos, tiraram toda a família da miséria. O lado perverso é que, vendo isso, muitas crianças na mesma situação e também muitos pais acabam concluindo: estudar para quê? Existe um caminho melhor e – aparentemente – mais fácil. E milhares de garotos acabam apostando tudo na chance de ser craque de futebol. Quantos ficam ricos? Meia dúzia. Os outros acabam subempregados como jogadores de pequenos clubes, a maioria nem isso consegue, mas a ideia permanece. Outra coisa contribui para perpetuar o equívoco entre a elite econômica e política, enfim, entre as pessoas que podem decidir como investir em promoção social: o fato de que o esporte de base, como parte de programas educacionais e de inclusão social bem construídos, de fato pode contribuir muito para o sucesso das crianças que deles participam. Bem trabalhada, a atividade esportiva pode ajudar a reconstruir a autoestima, melhorar as habilidades de relacionamento, ser uma boa válvula de escape para a agressividade, além de melhorar as capacidades e habilidades físicas. Então, procurar universalizar a oportunidade da prática esportiva pode ser muito útil como parte de ações que procuram diminuir o abismo de oportunidades em geral que em nossa sociedade marginaliza uma enorme parcela da população. O problema é que isso não tem nada a ver com investimento em esporte de alto nível. O dinheiro público que vai para o COB ou para a CBF pode ser qualquer coisa, menos investimento social.

O esporte de elite, por definição, é de elite. Mesmo que vários grandes atletas tenham vindo das camadas mais desfavorecidas, esporte de alto nível continua sendo para muito poucos, sempre será para muito poucos, por mais que todos melhorem, a elite será sempre formada apenas pelos melhores entre os muito bons. E a preparação desses atletas consome muitos recursos, principalmente hoje em dia, com a evolução das ciências aplicadas ao esporte e a "fabricação" de grandes atletas. Quando se descobre um talento esportivo, o investimento a ser feito até que ele seja um atleta de elite é grande. Bons treinadores, médicos, nutricionistas, fisioterapeutas, equipamento, viagens para competições, alimentação de altíssima qualidade. Tudo isso custa caro e significa grandes gastos para poucos beneficiados. Nem por isso eu diria que não se deve investir nos grandes talentos, evidentemente, mas acho que seria bom que ficasse claro que este não é um investimento social.

E não chega a ser supérfluo perguntar por que, mundialmente, os estados investem em esporte de alto nível. Em primeiro lugar existe a crença disseminada de que atletas de destaque, vencendo competições internacionais e ganhando medalhas olímpicas são uma prova da grandeza de seu país. Durante a guerra fria acreditou-se que o êxito esportivo poderia demonstrar a superioridade do capitalismo ou do comunismo. Hoje conhecemos um pouco do que foi feito por trás da cortina de ferro para construir a imagem do comunismo forte. Na antiga Alemanha Oriental havia um programa oficial de doping forçado que deixou muitos atletas – mulheres principalmente – com sequelas sérias e até provocou algumas mortes. Muitas nadadoras daquele país nas Olimpíadas e mundiais dos anos 70 e 80 pareciam homens. Com a queda do regime comunista o esquema tornou-se público e várias atletas devolveram ou tiveram retiradas suas medalhas. Mais recentemente, nos anos noventa, a China fez-se potência na natação de uma hora para a outra. E não demorou para que os casos de doping também começassem a aparecer. Quando onze nadadoras chinesas foram flagradas no antidoping nos jogos asiáticos de 1994, a poderosa equipe praticamente desapareceu tão rápido quanto tinha despontado. O investimento em esporte era certamente um dos pilares do esforço de propaganda comunista. A criança que fosse considerada talentosa para algum esporte iniciava seus treinamentos desde muito cedo e de tal forma que não seria capaz de se imaginar outra coisa a não ser atleta. E os atletas tinham muitos privilégios numa sociedade teoricamente sem privilégios, destacar-se como esportista era uma grande chance. Atletas internacionais viajam a outros países, de forma que o esporte que deveria provar a grandeza do comunismo acabou expondo muitas de suas fraquezas, pois muitos acabavam pedindo asilo. O caso do Dusán, um nadador húngaro por quem eu tinha um carinho muito especial, me fez compreender melhor, ou mais de perto, emocionalmente envolvida, como funcionava o esporte na Europa Oriental. Ele era nadador de longa distância, mas garantia que detestava nadar. Na noite da véspera das provas ele me dizia: "eu gostaria que já fosse amanhã, essa mesma hora". Vivia uma tremenda agonia desde a véspera das maratonas, até a hora em que elas terminavam.

A gente está acostumado a pensar que os atletas, os artistas e os intelectuais são categorias onde o privilégio da paixão pelo que se faz vira regra. Mesmo não-atletas que consideram os treinamentos tremendos sacrifícios costumam identificar nos esportistas a paixão pelo que fazem. Existe engenheiro, advogado, médico, dentista apaixonado pela profissão. Deve existir até operário, lavrador, faxineiro, embora em geral estes trabalhos acabem sendo realizados por quem não teve mesmo outra opção. Entre os atletas é diferente, pois os atletas escolheram o esporte. Mais do que isso, atleta é alguém que fez de um hobby profissão. Tem *obrigação de amar* – se me perdoam o paradoxo – o que faz. Até a gente resolver dar uma espiada por trás da cortina de ferro...

Eu conseguia compreender que o Dusán fosse nadador e detestasse nadar tanto quanto ele conseguia compreender que eu realmente gostava daquilo. Incrédula, eu perguntava: por que então?! Não sei se para ele a pergunta era dessas de resposta tão óbvia que nem se responde, mas demorou um pouco para que ele me explicasse com alguma clareza porque continuava nadando. Disse-me que não gostava de nadar, mas gostava de viajar, conhecer o mundo, coisa que ele não teria oportunidade de fazer se não fosse a natação. Não achei suficiente, diante do tamanho do sofrimento que os treinos e as provas representavam para ele, mas então ele contou: "Ana, eu SEMPRE fui nadador, não sei ser outra coisa". Como assim? Um homem inteligentíssimo, que foi à universidade, com uma tremenda facilidade para aprender outras línguas, grande curiosidade intelectual, por que dizia que não saberia ser senão nadador?

A resposta está na forma como o esporte se desenvolveu sob o regime comunista. Dusán nunca escolheu a natação. Foi escolhido para nadar quando ainda era muito pequeno. Sua identidade ficou fortemente ligada a uma atividade que não lhe dava satisfação, a não ser de forma indireta. Gostava de viajar e também dos outros privilégios que tinha por ser um nadador de elite, numa sociedade teoricamente sem privilégios, mas literalmente vivia fazendo uma coisa que detestava. Isso me parece incrível porque treinar tantas horas todos os dias às vezes é bem difícil mesmo para quem gosta muito. Alguns dias nos sentimos cansados demais e um simples treino fica parecendo um obstáculo intransponível. Para mim e para a maioria dos nadadores que conheci, algo acontece nesses dias que os torna especiais: quando chegamos ao fim do treino, nos sentimos muito bem, quase super poderosos. Mas parece que para o Dusán não acontecia assim. Tudo era simplesmente uma tormenta terrível de que ele não era capaz de se livrar.

Tudo isso aconteceu poucos anos depois da queda do muro de Berlim, numa época em que já não havia muita gente disposta a se autodenominar comunista, uma vez que as mazelas do regime tinham, de uma hora para outra, ficado super expostas e ampliadas. Mesmo assim, ainda hoje se ouve gente dizendo que é uma vergonha o desempenho de um país do tamanho do Brasil nas Olimpíadas ser tão inferior ao de uma pequena ilha como Cuba. Bem, eu também acho o desempenho brasileiro vergonhoso, principalmente quando penso que ele é fruto da nossa injustiça social, da falta de oportunidade da imensa maioria da nossa população. Mas acho o preço que os cubanos pagam demasiadamente caro por seu destaque no quadro de medalhas. E não acho que o destaque esportivo seja prova de que a experiência cubana é um sucesso como um todo, ou espelhe alguma "grandeza". Mostra apenas que eles têm muito sucesso em formar grandes atletas. Ou tinham, pois anos de bloqueio econômico acabaram por enfraquecer também seu esporte, vários bons técnicos deixaram o país e, nos últimos Jogos Olímpicos, Cuba já não exibiu toda a força que costumava.

O fato de o esporte ter sido um dos pilares da guerra fria deixou marcas profundas também no ocidente, especialmente na sociedade norte-americana, onde a crença de que o sucesso de seus atletas prova a grandeza, ou mesmo a superioridade dos Estados Unidos da América está profundamente arraigada. E o Brasil, que importa muito da cultura norte-americana, também parece acreditar que isso é verdade, com um triste resultado: colabora para nossa baixa autoestima e conduz a investimentos equivocados do dinheiro público, num país onde os recursos são limitados.

23 de setembro de 1993

Imersa em devaneios e já sem pensar muito nas correntes ou em quanto tempo ainda teria que nadar, o tempo passou rápido. Pelo menos acho que foi assim, porque o Claudio ainda não tinha me parado para dizer que era hora de nadar forte, apesar de eu estar tentando fazê-lo desde quando ele disse que o Cabo estava escapando. Continuava me incentivando, dando uma "puxada", a Maru vinha também dizer "vamos, Ana!". Quando eu parava para o chá ele não dizia mais nada sobre nadar forte. Eu, que preferia não ficar nadando até que escurecesse de novo, ia tratando de fazer força. Mas, de repente, numa respirada para a esquerda, que era o lado que o barco estava, me surpreendi com a lousa trazendo uma informação que me pareceu completamente inusitada. Tinha o desenho de uma bandeira brasileira e estava escrito: RECORDE BRASILEIRO.

Como assim, alguém tinha batido o recorde? A Dailza, talvez, pois era a única outra brasileira no Canal naquele dia, mas isso seria difícil, ela me parecia lenta para nadar abaixo de onze horas e meia. Será que ele quer dizer que *eu* vou bater o recorde? Mas não cheguei ainda, e Cap Gris-Nez não estava me escapando? Fiz uma tentativa renovada de forçar o ritmo, se o Claudio pensava que eu podia quebrar recorde preferia não decepcioná-lo. E comecei a pensar na hipótese, em como me sentiria como recordista. Contente. Sim, ficaria contente. Orgulhosa. Sim, também ficaria orgulhosa. Imaginei-me velhinha contando para meus netos: "a vovó, quando jovem, foi recordista da travessia do Canal da Mancha. E era uma travessia difícil, vocês nem imaginam...".

16.

Lembrei-me depois da Cris del Corsso, minha amiga lá do Rio Pardo. Certa vez a Gazeta do Rio Pardo fez um especial com a Cris, uma das nossas melhores nadadoras. Depois de muitas horas de conversa com ela, publicaram uma entrevista de página inteira, bacana, com foto. E o título era: "Cristiane del Corsso quer ser recordista". Fiquei com uma inveja danada do tamanho da ambição dela, sem contar a coragem de revelar um sonho como esse. Verdade que teve um pouco desses artifícios de entrevistador. No meio de uma longa conversa, falando de sonhos, a pessoa faz alguma vaga menção a recorde e vira manchete. Todo mundo vai querer ler. Há diferença entre um sonho e um objetivo. É bom quando um sonho vira objetivo. Não é?

Faz lembrar aquela história do caipira que recebe de herança de um parente distante, que ele nem conhecia, um belo cavalo. O compadre e os vizinhos vêm apreciar o animal e, com uma ponta de inveja exclamam "mas que bom receber um cavalo desses, você é um sujeito de sorte!". O caipira diz simplesmente: "bom ou ruim, quem é que sabe?". Passadas algumas semanas o filho do caipira, rapaz forte e trabalhador, 18 anos, cai do cavalo e quebra a perna. O compadre e os vizinhos vêm visitar e têm pena do amigo: "mas isso é muito ruim, como é que você vai fazer agora na colheita sem o Joãozinho para ajudar?". Mas o caipira diz apenas: "bom ou ruim, quem é que sabe?". Dali alguns dias começa uma guerra e os filhos dos vizinhos são todos convocados pelo exército, menos o Joãozinho, que está de perna engessada. Acho que com um sonho transformado em objetivo também é um pouco assim, "bom ou ruim, quem é que sabe?". Mesmo quando o objetivo é atingido e o sonho se realiza. Como nadadora, acho que sonhei bem alto e realizei além dos sonhos. Foi muito bom, sem a menor dúvida. Não tenho uma noção exata do quanto as experiências que vivi nadando influenciaram minha formação, nem ninguém pode saber quão diferente eu seria, como pessoa, se não tivesse corrido atrás dos meus sonhos aquáticos. Sei que foi importante, que foi uma das melhores épocas da minha vida, mas penso que as coisas que aprendi nadando, provavelmente poderia ter aprendido com experiências diferentes. E hoje, tenho alguma noção de que houve custo. Muitas coisas poderiam ter sido de outra maneira se eu tivesse investido em minha carreira profissional o tempo que passei treinando, viajando e competindo. Melhor ou pior, quem sabe?

Acho muito interessante observar como vamos construindo nossas vidas baseados em escolhas mais ou menos conscientes, mais fáceis ou mais difíceis, mas sempre altamente determinantes de como serão nossas próximas oportunidades de escolha. E mais interessante ainda notar como as escolhas nunca são absolutamente certas ou erradas, boas ou ruins, quando olhamos para trás. Às vezes pode nos parecer, durante algum tempo, que determinado passo foi um grande erro e que se pudéssemos voltar atrás não faríamos de novo. No entanto, por mais que tenhamos sofrido como consequência daquela escolha, se fôssemos de fato confrontados com a possibilidade de voltar atrás nos veríamos diante de escolhas ainda mais difíceis. Talvez pensássemos algo como: não quero passar por tudo aquilo, mas dá para aprender todas as lições que aprendi mesmo assim? Ou bem concretamente: não quero essa relação desastrosa, mas posso ter minha filha exatamente como ela é mesmo assim?

Tenho a impressão de que, no fim das contas, muito mais importante do que *o que vivemos*, é *como vivemos*. O que realmente conta é nossa disposição diante da vida. Às vezes encontramos pessoas que nos parecem ter tudo para estarem satisfeitas com a vida e, no entanto se lamentam. Menos frequentemente, mas também existe, vemos pessoas que passaram por dores terríveis, e não perderam a gana de viver, nem a alegria. Minha mãe é certamente o exemplo mais próximo que tenho. Depois de ter perdido três filhos, um neto e o marido ainda vive com alegria. Recentemente ela perdeu uma cunhada muito querida. Quando eu estava indo com ela para o velório me disse: "às vezes a gente olha para trás e nem entende como é que passou por tanta coisa e sobreviveu. E ainda conseguiu ficar contente!".

Os machucados da alma enfraquecem, um pouco como as feridas do corpo. Por exemplo, quando estava com o ombro todo destruído, se tentasse levantar minha bolsa na posição 'errada', simplesmente não podia. Sentia toda a força fugir de meus músculos de repente e a bolsa voltava para o chão. Não era nada pesado, nem era para ser difícil, mas naquelas condições era impossível. Quando a alma se machuca fica sem força também e a força da alma se chama vontade. Quando descobri como era me sentir completamente esvaída de toda vontade e ainda não sabia que ela escorria como sangue por uma ferida na alma cheguei mesmo a pensar que a melhor solução seria a morte, pois uma pessoa sem vontade não serve para nada. Nem vive, embora possa sobreviver, por algum tempo. Mas feridas na alma também se curam e das formas mais estranhas. De resto, vivemos diante de escolhas difíceis desde crianças, como no poema da Cecília Meirelles: *Quem sobe nos ares não fica no chão, quem fica no chão não sobe nos ares. É uma grande pena que não se possa estar ao mesmo tempo nos dois lugares!*

O Claudio e eu costumávamos conversar sobre coisas assim sentados na praia de pedra, ao entardecer, enquanto eu brincava de tentar encontrar pares de pedrinhas que se encaixassem como se formassem um pequeno quebra-cabeça. Sou apaixonada por quebra-cabeças de todos os tipos. Os de madeira ou metal não planos, aqueles que à primeira vista parecem não ter solução – não é possível que essa argola possa sair daqui! – me fascinam enormemente. Porque de repente a gente enxerga diferente e o que parecia impossível acontece – não é que sai mesmo! Os planos são um pouco menos desafiadores, não tão fascinantes, mas também deliciosos. Acho muito gostoso brincar de encontrar o lugar de cada peça, ou a peça daquele lugar. Não sei se isso acontece porque sempre me senti meio desajustada e desde criança tenho a sensação de ser uma peça que caiu na caixa do quebra-cabeça errado: por mais que tente encontrar meu lugar, nunca me encaixo muito bem. Seria preciso cortar um pouco aqui, colar um pedacinho ali, pintar de outra cor... Mas fica o desejo de encontrar o quebra-cabeça certo, uma espécie de busca além da minha própria caixa. Talvez seja assim com todo mundo: corta, cola e muda de cor para finalmente se encaixar.

Certamente a travessia do Canal foi mais uma expressão desse meu desajuste. E foi maravilhoso! Não, eu não sairia por aí recomendando que todo mundo que estivesse meio perdido começasse a treinar para a travessia, mas gostei do que vivi. E não hesitaria em recomendar a qualquer pessoa, "perdida ou achada" que se dedicasse a algo com paixão. Desconsiderando a utilidade, buscasse fazer algo que parecesse encerrar um sentido em si.

23 de setembro de 1993

Agora ele me estendia de novo um copo de chá e quando eu pensei que lá vinha "bomba", ele disse: "olha a França". Não entendi e ele repetiu: "olha, a França!" Eu não queria olhar. Tinha medo daquela horrível sensação que a gente tem quando começa a olhar para a chegada cedo demais: você nada, nada, nada e quando olha de novo o cenário parece exatamente o mesmo. Acaba dando a impressão de que você não está saindo do lugar. Disse isso ao Claudio, que não queria ver, só quando estivesse chegando. "Mas, OLHA, A FRANÇA! Já chegaste, Brickell está preparando o bote". Então olhei. E lá estava a França, com todas as cores, em todos os detalhes, realmente perto!

17.

As palavras me parecem todas inúteis quando tento descrever a emoção que senti quando vi o litoral francês, as pedras, o barranco, o pasto verdinho. Lembro-me de que depois da travessia o Castilho de Andrade, então editor de esportes do Jornal da Tarde, telefonou no hotel onde eu estava hospedada para uma entrevista e eu só conseguia repetir: foi bárbaro, foi bárbaro! Ele deve ter pensado que eu tinha uma limitação profunda na capacidade de expressão, o que não acho que seja verdade. Mas na hora de expressar essa emoção me sinto realmente incapaz. Muitas imagens passaram pela minha cabeça em segundos, como se o pensamento tivesse ficado apressado e fotográfico. Talvez tenha sido um pouco parecido com as experiências de quase morte que às vezes descrevem, mas sem túnel nem luz, e em poucas ocasiões eu me senti tão viva.

Uma das imagens foi a de uma fotografia em que eu apareço no colo da Mem, minha segunda mãe, de boia, na piscina. Eu tinha um medo danado, não largava a boia por nada, nem no lava-pés. O medo que eu tinha quando era pequena me faz lembrar das vezes em que crianças vieram me perguntar, espantadas pela minha coragem, se não eram muito fundos esses mares onde eu nadava. A pergunta diverte porque, claro, a partir de dois metros de profundidade já não faz diferença quanta água ainda tem para baixo, pelo menos não para quem pretende ficar nadando na superfície. O fundo assusta e eu me lembro que ele também me assustava. Eu tinha uns quatro ou cinco anos quando aprendi a nadar e, no início, achava que só sabia nadar no raso. O curioso é que o raso da piscina lá da fazenda não me dava pé, mas eu achava que aquele montão de água do fundo pudesse me engolir, sugar, puxar para baixo e eu me afogaria. Até que um dia, tive um medo maior, de picada de abelha. Uma abelha começou a zumbir ao meu redor e eu comecei a chorar. Meu irmão aproveitou o ensejo: "pula, pula, ela vai te picar!". Eu chorava: "é fundo!". Mas meu irmão disse: "pula logo, você já sabe nadar" e, só para reforçar, deu um empurrãozinho. Depois que passou o susto, o choro e a raiva do meu irmão, que evidentemente não estava com medo da abelha e continuava fora d'água, fiquei numa alegria enorme: tinha aprendido que também sabia nadar na parte funda da piscina.

Muitas das outras imagens que "vi" nessa espécie de vertigem que a emoção de me perceber tão perto do sonho me provocou também eram "aquáticas", memórias de como foi se construindo minha paixão pela água. Depois de aprender a nadar – não aprender propriamente, apenas não me afogava – fui tomando cada vez mais gosto pela piscina. Lembro-me de que passávamos dias inteiros lá, minha mãe levava um lanche na hora do almoço, brincávamos de fôlego, briga de galo, gangorra, pulávamos do trampolim dando "bombas" para molhar as meninas mais crescidas que queriam tomar sol e diziam aaaaaaii para os pingos de água fria. Durante algum verão tivemos aulas de natação com o seu Toninho, que foi quando eu aprendi a nadar crawl. Sempre que esquentava eu começava a aborrecer os adultos para ver se alguém me levava para a piscina. Quando todo mundo já tinha cansado de brincar eu ficava brincando sozinha, dava um impulso forte na borda para observar como uma pequena mudança na posição do meu corpo fazia mudar a direção, virava muitas cambalhotas seguidas, girava o corpo de todos os jeitos, descia ao fundo, soltava pequenas bolhinhas e tentava subir junto com elas, no mesmo ritmo. Adorava a água. Mas não conhecia o mar.

Eu já tinha nove anos quando a Maria Cristina, minha melhor amiga da escola, me convidou para ir à Ubatuba nas férias de janeiro. Durante a viagem o Cacá, pai dela, contava-me coisas sobre o mar e, como era muito brincalhão, eu nunca sabia se estava falando sério ou tirando uma da minha cara. Ele me advertiu que o mar puxava a gente para o fundo e era preciso cuidado e no começo pensei que estivesse brincando, mas depois levei tão a sério que, quando chegamos à praia, tinha medo que a menor ondinha me levasse embora. Devagar fui percebendo melhor qual era a medida do risco, soltei-me e fiquei completamente fascinada pelo mar. O Cacá nos jogava nas ondas, ensinava a pegar jacaré, brincava muito. Nos anos seguintes voltei com eles à Ubatuba em Janeiro, eram férias muito esperadas. Numa dessas viagens passamos por São Paulo, na casa do avô da Maria Cristina, onde havia piscina. Vendo-me brincar com a água, nesse dia o Cacá me disse que eu devia fazer natação porque tinha muito "contato" com a água. Foi só então que ele me contou que tinha sido campeão sul-americano de natação. Duvidei no início, mais uma vez achando que era brincadeira, mas era verdade.

Eu não tinha vontade de fazer natação. Naquela época a Maria, minha irmã, costumava nadar mil metros por dia.

A piscina da fazenda tinha só 18 metros, ela fazia 30 idas e vindas. Eu ia junto para ficar brincando, me divertia enquanto ela se exercitava, mas pensava: como é que ela aguenta esse vai e volta sem parar? Que coisa mais chata! Tampouco tinha oportunidade: em São José do Rio Pardo não havia equipe de natação em nenhum dos dois clubes da cidade. Aconteceu que, uns dois anos depois, veio a febre de natação na cidade. O Agenor começou uma equipe no Rio Pardo FC e, de uma hora para outra, todo adolescente da cidade parecia estar nadando. Inclusive a Maria Cristina. E toda vez que o pai dela me encontrava na saída da escola me perguntava quando eu começaria também. Resisti à ideia durante um tempo, lembrando de como me parecia entediante o exercício da Má, pensando que seria um tanto cansativo ter que voltar à cidade todas as tardes e imaginando que os treinos que a Maria Cristina descrevia estavam muito acima da minha habilidade e resistência. Depois, acabei concordando em experimentar.

Quanto à minha destreza na água, minhas suspeitas estavam totalmente corretas: às vésperas de completar 14 anos, entrei na turma das crianças, pois ainda tinha tudo para aprender: até o crawl era cheio de defeitos, costas e peito eram meros arremedos e o golfinho eu não tinha nem como arremedar. Não sabia dar nenhuma virada; saída, bem... eu sabia pular "de ponta". A Eliana, apelidada de Tambaú, que era a professora, deve ter ficado bem desanimada com a iniciante crescida. Eu era pelo menos uns dois anos mais velha do que qualquer outra aspirante a nadadora que ela tinha que ensinar. Mas quanto à resistência eu estava enganada. Assim que comecei a aprender os estilos foi ficando claro que isso eu tinha bastante. Mandaram-me logo treinar com a equipe e elegeram os 800 livre, 400 medley e 200 golfinho as minhas provas nas competições. No começo eu não gostei. Estava só começando, por que me punham logo nas provas mais difíceis? Com o tempo tomei gosto e não demorou para que a Má começasse a me perguntar quem era que dizia ser tão chato ficar indo e voltando a vida toda.

Minha grande inspiração nesses primeiros tempos era ver o Octávio Roxo Nobre nadando crawl e o Gastãozinho da Cunha nadando golfinho. Eles tinham sido os pioneiros e já nadavam muito bem quando eu comecei, era lindo de ver. Às vezes eu terminava minha aula e ficava à beira da piscina apreciando o deslize, a natação fácil deles. Parecia que nem precisavam fazer força e isso me deixava completamente fascinada. Considero que eles também foram, de certa forma, meus professores, porque a gente aprende muito vendo e imitando. Também eles e todos os meus amigos daquela época de Rio Pardo vieram ter comigo enquanto eu ia chegando às pedras em Cap Gris-Nez. E teve a Sô no pódio, a Lu na direção, a 600 km de casa, "para que tudo isso?" o Edu: "acho que tem que nadar para ganhar", o João Baptista: "por que não vai?", a Má, a Nana e minha mãe: "que Deus te acompanhe", o Marcos: "é, não é fácil não!", a Dani: "quem acredita sempre alcança", o Maurício: "vivia tudo o que sentia", o Dante: "onde você comprou esse troféu, também quero um" o Nuno: "vai lá e atravessa", o Claudio: "o importante é sermos melhores pessoas".

18.

Antes da travessia tive um bom presságio. Foi no dia 19 de setembro. Fazia exatamente um ano da minha primeira tentativa e eu tinha passado boa parte dos dias anteriores naquele desespero da incerteza, enquanto o tempo se recusava a melhorar e os dias cinzas combinavam perfeitamente com o meu interior. Era aniversário da Lu e eu sentia uma saudade enorme dela. Então o céu começou a clarear. Ao entardecer fomos, o Claudio e eu, para a praia de pedra, como tantas vezes, e enquanto conversávamos e pensávamos nas coisas que estavam acontecendo, eu admirava maravilhada os raios do sol que já ia caindo desenhando-se por entre as nuvens que agora eram brancas e leves. Mais acima, o céu estava inacreditavelmente azul. Acho que eu tinha me esquecido como era bonito. Deitei-me nas pedras e vi, bem em cima de mim, onde estaria o sol se fosse meio dia na linha do equador, um pequeno arco-íris. Tão bonito, com as cores tão vivas, e tão inesperado, aquele arco-íris a pino me pareceu um sinal de bom agouro. Peguei a câmera fotográfica, tirei uma foto e disse ao Claudio: acho que agora vai dar tudo certo.

Mesmo o melhor dos presságios, no entanto, não teria me feito imaginar que poderia nadar a prova em 9h40min e bater o recorde latino-americano, chegando bem inteira, até. Menos ainda pensaria que a marca poderia durar décadas. Agora já sei qual a sensação de ser recordista. Fiquei bem feliz. Orgulhosa com minha conquista. Tenho uma boa história para contar, se um dia tiver netos. Sempre que me sinto desanimada, posso me lembrar daquilo que o Claudio dizia quando eu chorava durante a espera: "Ana, *cuando todo passa, uno se olvida*". Mas às vezes me esqueço, não do que passou, mas da frase, e de que tudo passa. Ainda sinto, de vez em quando, que não estou à altura dos desafios que encontro pela frente, da mesma forma que sentia antes. Mas também acontece de me lembrar, de repente, de que posso ser capaz de superar minhas próprias expectativas e, quem sabe, estar sim à altura, pois já fiz isso uma vez.

Peguei a câmera fotográfica, tirei uma foto e disse ao Claudio: acho que agora vai dar tudo certo.

À beira do Canal.

Logo depois da travessia.

Na chegada.

EXTRAS

Respostas a perguntas frequentes

Quando alguém fica sabendo que atravessei o Canal da Mancha, quase sempre expressa espanto ou incredulidade. "É verdade?" e "Está falando sério?" são as perguntas mais frequentes. Seguem-se, geralmente, questões sobre a distância e o tempo de duração da prova. Perguntas objetivas, respostas nem tanto. A parte mais estreita do Canal tem trinta e três quilômetros. Já a distância nadada varia muito. Eu nadei aproximadamente trinta e seis quilômetros. Quanto mais rápido o nadador, menor será a distância, porque no Canal as correntes são laterais e invertem-se a cada seis horas, obrigando o nadador a um ziguezague. Outro fator determinante é a intensidade das correntes no dia da prova. Quando eu cheguei ao meio do Canal com menos de cinco horas de nado e o Claudio animou-se dizendo que eu nadaria abaixo de dez, o piloto do barco duvidou e, com base em sua experiência, estimou que eu atravessaria em onze ou doze horas, pois as correntes estavam fortes demais. Acertou o Claudio, ao final, que era quem conhecia meu ritmo, mas por pouco não perdi o Cabo e então quem acertaria seria o Brickell. Já dá para ter uma ideia de quanto é relativo o tempo. Se um nadador pode gastar uma ou duas horas a mais por um detalhe de percurso, de nadador para nadador a variação é imensa.

Analisando os registros da *Channel Swimmig Association*, percebemos que a maior parte dos nadadores faz a travessia em torno de onze, doze horas. Mas entre sete e vinte e seis horas, encontra-se de tudo.

O que torna o Canal um grande desafio não é a distância ou o tempo de nado, mas sim a água fria e a instabilidade do clima. Outras provas mais longas não são consideradas tão difíceis. Por isso, um nadador que deseja fazer a travessia deve estar preparado para nadar cerca de quarenta quilômetros, mas sem acreditar que isso basta. Para enfrentar o frio, é bom engordar, perdendo até a aparência de atleta, mas também precisa uma dose de sei lá o quê para ajudar, algo como se convencer de que "o frio está fora". Quanto à instabilidade do clima, é preciso contrabalançar com muita estabilidade emocional (coisa que não fiz muito bem durante minha espera). E uma boa dose de sorte entra na melhor receita.

Também me perguntam com frequência se nadei nove horas e quarenta minutos sem parar. Não foi sem parar: a cada vinte minutos ou meia hora eu dava uma paradinha para me alimentar. O nadador não pode se apoiar no barco nem ser tocado durante a prova, então nas paradas precisa continuar um movimento de sustentação com as pernas. Na maioria das vezes eu tomava apenas meio copo de chá quente com mel – que também ajuda contra o frio. Às vezes comia um pedaço de barra energética, mas não ficava parada enquanto mastigava. Punha na boca e já saía nadando. Hoje em dia existem energéticos em gel, que certamente são mais convenientes. O que definitivamente não se faz é parar para descansar. Se alguém resolver ficar boiando naquela água gelada morre de frio, talvez até literalmente. E não só por isso a ideia de parar para descansar carece de sentido. O fato é que não nos cansamos, ou não da forma que conhecemos, a ponto de precisar parar para recuperar o fôlego. Eu nadava mantendo um ritmo de mais ou menos quatro quilômetros por hora, girando a oitenta braçadas por minuto. Não era nadar solta, tranquila, mas era o ritmo que eu sabia ser capaz de manter ao longo das horas.

Roupa de borracha pode? Não pode. A travessia seria outra se permitissem. Com ajuda na flutuação e sem o problema do frio o Canal da Mancha deve ser quase um passeio. Você pode usar um maiô comum, uma touca (não podem ser duas), óculos e se lambuzar o quanto quiser com Channel Grease. Também deve usar um sinalizador, se nadar parte ou toda a prova no escuro. O regulamento que permite apenas uma toca pode parecer estranho. Quem usaria mais de uma? Provavelmente muita gente. Sob temperaturas em que nosso corpo perde calor para o ambiente, estima-se que 20% do calor se perca pela cabeça. Isso acontece porque o cérebro é um tecido muito vascularizado e termicamente pouco isolado, pois não temos uma camada de gordura sobre o crânio. Assim, a escolha da touca pode fazer diferença. Eu recomendo as de silicone, mais grossas que as de látex. As de tecido, nem pensar, pois molhadas não oferecem qualquer proteção.

Da Inglaterra para a França ou da França para a Inglaterra? Antigamente a maior parte dos nadadores fazia a travessia partindo da França. O sentido inverso era chamado "the hard way". Nos registros de travessias dos primeiros tempos, entre 1875 e 1964, contamos oitenta e sete travessias bem sucedidas França-Inglaterra e apenas vinte e quatro no sentido inverso. Apesar disso, hoje em dia a maioria dos nadadores parte da Inglaterra. Isso porque a estrutura da travessia está lá: as duas associações que a regulam e os pilotos dos barcos que acompanham nadadores. Para nadar partindo da França, o nadador tem que primeiro atravessar o Canal de barco, o que leva umas duas ou três horas, com risco considerável de enjoo, e só então começar a nadar. E há um complicador: o horário de início da prova depende da maré. Eu, por exemplo, comecei a nadar às cinco e meia da manhã. Para iniciar a travessia pelo lado da França, teria que ter acordado à uma da madrugada, o que não seria boa ideia. Melhor nadar o caminho mais duro.

E tubarão? Não posso dizer com certeza que não existem tubarões agressivos naquela região, mas não há registro de incidentes. Parece que as áreas mais conhecidas por ataques de tubarões a humanos são de água quente: Nordeste brasileiro, costa australiana, Baía de Cuba, Havaí. Nadadores que se aventuram a nadar nessas regiões costumam nadar dentro de uma jaula, ideia que não me atrai nem um pouco. No Canal da Mancha essa não é uma preocupação dos nadadores. Mesmo assim, no dia em que estava saindo do mar depois de treinar e vi um caçãozinho morto na areia, torci para não encontrar nenhum parente dele pelo caminho.

Um pouco de história

O primeiro nadador a cruzar o Canal da Mancha foi o capitão inglês Matthew Webb, em 1875. Desde então muita gente foi seduzida pela ideia do desafio. A carta da *Channel Swimming* Association que acompanha meu certificado traz os números atualizados até então (1993): 4.338 pessoas tinham feito 6.281 tentativas de cruzar o Canal. Dessas, 439 (10%) foram bem sucedidas – 295 homens e 144 mulheres.

Algumas curiosidades espantosas

Há 3 nadadores que já fizeram a travessia tripla do Canal da Mancha: o norte-americano Jon Erikson (1981 - 38h27min), o neo-zelandes Philip Rush (1987 - 28h21min) e a inglesa Alison Streeter (1990 - 34h40min).

O primeiro nadador a fazer ida e volta foi o argentino Antonio Abertondo, em 1961. Ele nadou 43h10min.

Em 1978 a nadadora norte-americana Penny Lee Dean estabeleceu a marca de 7h40min, recorde mundial absoluto até 1994. No entanto, quando conversei com Chad Hundeby depois que ele nadou em 7h17min, abaixando em 23 minutos a marca que já tinha 16 anos, ele não me pareceu satisfeito. "Não tive um bom dia. Gostaria de ter nadado abaixo de 7 horas", disse.

A nadadora canadense Vicki Keith, em 1989, atravessou o Canal nadando golfinho. Levou 23h33min. E para maior espanto, em 2002 a inglesa Julie Bradshaw quebrou esse recorde, fez em 14h18min.

Igor de Souza é o único brasileiro que já fez a travessia dupla, em 1997, com a excelente marca de 18h33min.

A australiana Susan Oldham é a mulher mais velha do mundo a fazer a travessia. Aos 64 anos e 257 dias de idade, em 2010, ela completou a prova em 17h11min.

Roger Allsopp, da Ilha de Guernsey (que fica no Canal da Mancha), tornou-se, em 2011, o homem mais velho do mundo a cruzar o Canal, em 17h51min, aos 70 anos e 147 dias de idade.

Em 2012 o australiano Trent Grimsey tornou-se o novo recordista mundial, nadando da Inglaterra à França em 6h55min.

Todos os brasileiros que já atravessaram o Canal da Mancha
(atualizado em abril de 2022)

Abílio Couto — 1958 (12h45mim) e 1959 (12h49mim e 11h33min – recorde brasileiro durante 34 anos)
Kay France — 1979 (11h36min)
Rogério Lobo — 1989 (13h47min)
Dailza Damas Ribeiro — 1992 (19h20min) e 1995 (10h48min)
Ana Mesquita — 1993 (9h40min)
José Rodini — 1994 (12h14min)
Igor de Souza — 1996 (11h06min) e 1997 (ida e volta – 18h33min, sendo 9h31 na ida e 9h02min na volta)

Christiane Fanzeres	2001 (10h14min)
Percival Milani	2003 (10h45min)
Marcelo Augusto Lopes	2004 (11h21min)
Marta Izo	2006 (12h14min)
Paulo Maia	2007 (13h49min)
Luciana Mesquita	2009 (11h44mim)
Edison Peinado	2010 (12h29min)
Marcello Collet	2010 (10h06min)
Tiago Sato	2010 (9h51min)
Alfredo Araújo	2012 (11h38min)
Harry Finger	2012 (12h40min)
Max Steinhart	2012 (12h30min)
Adriano Passini	2013 (11h10min)
Hamilton Jorge de Azevedo	2015 (15h33min)
Samir Barel	2015 (10h14min)
Adherbal Treidler	2015 (8h49min)
Alexandre Kirilos	2015 (13h18min)
Luiz Pradines	2016 (15h54min)
Felipe Putz	2016 (13h52min)
Marcelo Teixeira	2016 (14h35min)
Leonardo Natal	2017 (11h50min)
Mario Pinto	2018 (12h05min)
Alessandra Cima	2018 (16h24min)
Humberto Costa	2019 (10h42min)
Márcio Junqueira	2020 (11h45min)
Mariana Chevalier Santos	2020 (11h55min)
Glauco Rangel	2020 (10h40min)
Thiago Toshio Rebollo	2021 (10h44min)

Revezamentos

Swimming Partnership	1997
Travessia Balkis Canal da Mancha	2011
Team Brazil	2017
Anjos D'Água	2019

Se você ficou com vontade de ir também, pode começar visitando os sites da *Channel Swimming Association* ou da *Channel Swimming and Piloting Federation*:

www.channelswimmingassociation.com
www.channelswimming.net
http://www.dover.uk.com/channelswimming/

AGRADECIMENTOS

Agenor Ribeiro Netto, vê se toma cuidado com as sementes que você vai plantando por aí, às vezes dão de brotar!

Claudio Plit, você me fez perceber nessa travessura uma aventura interior de inestimável riqueza. Seu exemplo de vida, ainda mais do que sua (incrível!) competência como atleta e como técnico, continuará me inspirando durante toda a vida.

João Baptista Caldeira, sem sua ajuda e sua inabalável confiança em minha capacidade de dar a volta por cima, eu jamais teria tocado a França naquele 23 de setembro.

Lúcia Mesquita de Magalhães, obrigada pela companhia, pelo pé na estrada, por tudo o que nos divertimos juntas e por ter me aguentado sempre que me tornava insuportável. Se Panorama acontecer de novo a gente bem podia voltar lá, né?

Luiz Gandolfo, olhe bem a importância que essa história de "vem aí" pode ter na vida dos atletas que você vai formando.

Maurício Simões, se eu soubesse desde o começo que por causa dessa travessia ganharia de presente seu livro e conheceria você, isso seria motivo dos melhores. Se fosse preciso algum...

Nuno Cobra, o homem que sempre sabe o que dizer e quando dizer, muito obrigada por me ter dito justamente o que eu precisava ouvir. Sua sensibilidade me fez chegar lá.

Impressão e acabamento Bartira
1ª Edição 2009
3ª Edição 2022